都市傳說系列08

聖誕老人

SANTA CLAUS

笭菁 著

都市傳說8：聖誕老人

楔子

男孩用忿怒的眼神，悲摧的望著在客廳裡那棵小小的聖誕樹。

媽媽正一個個掛上耶誕飾品，一旁的小女孩開心的幫忙吊上聖誕球。

「小正，要不要來幫忙？」媽媽誘惑似的拿著插頭，「來點亮這棵聖誕樹？」

「我不要！」男孩氣急敗壞的吼著，「這不是聖誕樹！」

媽媽一愣，失笑出聲，「這是聖誕樹啊！」

「才不是才不是！」男孩吼了起來，「它爲什麼又舊又小，爲什麼我們家的聖誕樹這麼小？」

「啊……聖誕樹大小不是重點啊，不管大棵小棵，都是聖誕樹啊！」媽媽眉開眼笑，極富耐心的說，「你想想喔，你們學校裡那個好大的是榕樹，可旁邊那個小棵的不也是嗎？」

「就不是！人家阿倫家的又大又漂亮，上面還有很多閃閃發亮的裝飾品，這樣聖誕老公公才會去他家給他最好的禮物！」男孩居然爲此氣哭了，站在原地抹著淚。

媽媽內心有些慍怒，但想必是同學間的比較，讓不懂事的孩子說出這番話來。

「可是……」幼稚園的妹妹童音開口，「老師說，只要我有乖，聖誕老公公就會來給我禮物耶！」

媽媽看向天眞的小女兒，輕笑了起來，「對，妹妹乖，跟樹有沒有關係？」妹妹搖搖頭。

「才不是！聖誕老公公會看的，我們家又髒又窮，爲什麼我們不能換大一點的樹？」男孩哭著跑回房裡去，「我討厭媽媽！聖誕老公公一定不會理我了！」

唉，母親嘆了口氣，一年才用幾天的聖誕樹，何必一直更換呢？她不懂這樣的意義在哪裡，更不明白才小學的孩子，爲什麼學習這種炫耀的心態，用滿口謊言去刺激其他同學。

「媽媽，聖誕老公公會因爲樹很小不給我禮物嗎？」妹妹突然緊張起來。

「傻孩子，聖誕老公公才不管樹呢！禮物是放在襪子裡的啊，放不下才會放在樹下呢！」媽媽親自動手將插頭插上，一瞬間五彩繽紛的燈亮了起來。

「哇！哇！」小女孩高興得手舞足蹈，圍著聖誕樹轉圈，「好漂亮好漂亮喔！」母親微笑的看著孩子喜悅的笑容，不免又擔憂的往男孩的房間看去。

「媽媽，那我乖不乖，聖誕老公公會給我禮物嗎？」

「當然會啊！」媽媽把襪子塞在女孩手裡，「還不趕快去掛襪子！」

嘻，女孩握著襪子，興高采烈的往跟哥哥房間裡衝進去；男孩窩在被子裡，聽見開門聲偷偷瞥了一眼，看見小妹妹正努力的爬上床，試圖將襪子掛在窗邊，卻無論如何都搆不著。

「嘿……嘿咻……」她看著旁邊的櫃子，伸出小短腿要爬上去。

「喂，做什麼!?」男孩冷不防喝令出聲，一掀被子下了床，動手搶過她手上的襪子，「我不是說櫃子不能爬！」

女孩無辜的望著他，「可是襪子……」

「哥哥幫妳掛！」男孩踮起腳尖，勉強將襪子掛上，但總比讓妹妹跌倒好。

女孩開心的抱住哥哥，「謝謝哥哥！那哥哥你也掛襪子好不好？」

哥哥默默的從枕頭底下拿出襪子，他們家唯一每年會換的，就只有襪子了；他今年吵媽媽買一雙大的，因爲他希望可以得到一台模型，襪子要夠大才放得下啊！

「聖誕老公公一定會送哥哥禮物的，因爲哥哥是乖小孩！」妹妹認眞的說著，「你是全世界最好的哥哥！」

男孩低下頭，嘴角揚著似笑不笑的笑容，還帶著點得意。

兄妹倆手牽著手走出房間去刷牙時，母親從他偷瞄聖誕樹的眼神感到他已經消氣，會心一笑，要他們早點上床睡覺，因爲聖誕老公公只會給乖孩子禮物喔！

「哥哥，」妹妹蜷在床上，黑暗中一雙眼眨巴眨巴，「聖誕老公公只會給乖小孩禮物嗎？」

「嗯啊，要聽話的孩子才會有。」哥哥煞有其事的回著，「有時候一年做了很多壞事，這個月努力聽話也會有！」

「是喔，哥哥每年都有拿到嗎？」

「有啊，可是去年我好幾次惹媽媽生氣，我得到的禮物就打折了！」男孩嘟起嘴，「聖誕老公公眞的什麼都知道喔！」

「哇！好厲害喔！」女孩覺得聖誕老公公眞是太神祕了，「那，壞孩子也會有禮物嗎？」

嗯？男孩一愣，轉著眼珠子，沒有思考過這個問題耶！

「應該……沒有吧？」男孩困惑的說，「壞孩子怎麼可以有禮物！」

「可是我們班有很壞很壞的男生，還是都有拿到禮物啊！」女孩不太理解。

「大概……不會送他最想要的吧！」哥哥這麼說，「不然都沒有禮物也太可憐了。」

女孩劃滿微笑，用力點了頭。「對啊，希望每個人都可以得到禮物！」

她閉上眼，她想要一大盒彩色蠟筆，拜託聖誕老公公一定要聽見她的願望喔！

男孩望著妹妹，眼皮沉重的緩緩閉上，他今年都很乖，可是剛剛凶了媽媽，禮物會不會這樣又變了……他眞的好想要模型，拜託聖誕老公公，他是個乖小孩，眞的！

好孩子都能有禮物，壞小孩應該也會有吧？

只是不知道，壞孩子拿到的是什麼呢？

第一章 聖誕夜

下課鐘才響起，一堆人便迫不及待的往教室外面衝，平常根本沒這種積極度，不過對教授們來說，學生今天能來上課已經很好了。

當然還有些是不得已的課，例如主科必點，像文法課這類型，再不情願還是得出席；不過學生們今天個個打扮得花枝招展，晚上的舞會看來都要大顯身手了。

馮千靜懶洋洋的蓋上課本，她前後左右的香水味兒都不同，味道是不刺鼻，但是整間教室到底多少人噴啊，不同基調混起來就有點可怕了。

同學們今天都穿得特別好看，不說學校有舞會，就算不參加學校舞會，情人們勢必要來頓燭光晚餐，難得浪漫的夜晚，怎能不打扮得可人一些呢！

「Merry Christmas！」學長姐們瞬間衝進來，攔截還沒離開的同學們，「大家聖誕快樂，放完假就要期末考囉，這是聖誕糖加歐啪糖，希望大家順利唷！」

「謝謝！聖誕快樂！」所有人開心的領著學長姐用聖誕袋子包裝的糖果，連馮千靜都忍不住勾起笑容。

是啊，今天晚上是聖誕夜呢！

「學妹，給！」學姐將糖果擱在她向上的掌心中，她頷首淺笑道了謝。

全校都沉浸在歡樂的氣氛中，尤其是大一生，這是進大學後第一個聖誕節，換言之也是放飛後第一個瘋狂浪漫與自由的日子。

「小——靜——」輕揚到讓人非常想把鉛筆袋扔過去的聲音出現在後門。

馮千靜頂著一顆亂七八糟的獅子蓬頭，黑框大眼鏡下的雙眼銳利，狠狠的往教室後門掃去，果然看見細皮嫩肉的男孩眉開眼笑的站在後門口，朝著她拼命招手。

「Merry Christmas！」另一個相同清秀的男孩跟著後面跳出來，笑得可燦爛了。

馮千靜連理都不想理，重重的把課本蓋上，收著桌上的東西。

「生氣了啦！」郭岳洋用手肘頂了夏玄允，「你幹嘛故意叫這麼大聲，小靜說過最討厭人家叫她小靜了！」

「你這句話喊了兩次小靜耶！」夏玄允還敢說。

第三個人沒露面，他就靠在後門邊的牆上，什麼叫做「聖誕節的小靜會比較溫和」，到底是怎樣得出來的結論？

「馮千靜，再見。」還在的同學親切的跟她道別，並說聲聖誕快樂。

「再見，聖誕快樂。」她聲如蚊蚋，囁囁嚅嚅。

「欸，馮千靜，妳有沒有要參加學校的舞會啊？」幾個男生打趣的問，「整理一下，穿漂亮一點來嘛，班上很多人都要去呢！」

馮千靜驚恐的倒抽一口氣，深怕別人聽不到似的，旋即瑟縮雙肩，「不、不必，我、我我有別的計畫。」

後門口兩個清秀可愛的娃娃臉男孩莫不瞠目結舌，詫異的看著那跟同學羞怯頷首、簡直是慌張「逃」出教室的女孩。

一逃出後門，到了同學看不見的範圍後，她立刻狠狠的瞪向夏玄允。

「小靜……馮同學，妳演技越來越好了耶！」夏玄允還在那兒讚嘆，「妳剛那個倒抽一口氣的聲音，隔了五排我在後門都聽得見耶！」

「對啊，感覺真的超內向的！」郭岳洋倒是用崇拜的口吻說著，「我聽說不是有戲劇想找妳去軋一角，妳要不要考慮？」

馮千靜根本懶得理他們，只顧疾步往前走，一直靠在牆邊的毛穎德失聲笑出，這兩個眞是打不怕的。

毛穎德直起身子，邁開步伐很快的追上馮千靜，他們兩個走路速度都比夏玄允跟郭岳洋快得多，尤其馮千靜現在擺明一副要拋下他們的模樣。

「喂，還不慣嗎？」他扳住她的肩。

馮千靜身子後仰煞車，「誰習慣啊！他們剛剛在教室裡喊耶！」

「妳這副模樣，叫小靜很合適啊！」毛穎德從頭到腳比劃一番，「內向、文靜的小靜，沒有人會覺得怪的。」

是啊，這般文靜害羞內向的女孩，誰能想像得到，其實她是女子格鬥冠軍的那位「小靜」。

「我討厭別人叫我小靜。」她一字一字的說著，眼尾瞄著追上來的兩個男孩。眞是活像二次元走出來的美少年，此時還用那如花的笑顏對著她，顯然對今晚的活動異常開心。

「來堵我的嗎？」她瞥了他們一眼，正眼不瞧的迎視眼前的毛穎德。

「是，他們覺得妳會繞跑。」他說得老實，夏玄允在那邊哎呀哎呀的把他推開。

「小靜難得要跟我們一起過耶誕，我們當然要親自迎接啊！」邊說，他拉住了她的左臂。

「是啊，接妳一起去社團辦公室。」郭岳洋愉悅的也站到她右邊。

「現在是怎樣？打算架著我去嗎？」她皺眉，這兩個傢伙應該知道，她眨眼間就可以把他們兩個甩到牆角去喔！

「大家陸續都快到了，身爲社團元老，怎麼可以不到呢！」夏玄允還有臉說得頭頭是道。

馮千靜回想起來就咬緊牙關，「我明明只是幽、靈、社、員！」

馮千靜一開始就是被夏天他們在海報街上攔到，才加入社團的幽靈社員，誰曉得後來會一直遇到都市傳說！

現在還辦什麼「都市傳說」大賽，她白眼都翻到後腦勺去了啦！

毛穎德挑挑眉，馮千靜嘴上不爽，但其實並沒有明顯的推拒行動，身爲室友的他們感情日漸深厚，加上共患難太多回合，她其實已經進入一種「雖不滿意但可以接受」的狀態了。

大家向左轉，這棟樓是個L型，他們正打算從短邊走到長邊的電梯離開。

不過這個轉角，卻突然出現了詭異的場景，有別於熱鬧的聖誕節，該是彩帶燈飾處處，現在轉角上擺了兩張長桌，裝飾成一種簡單的……靈堂。

與其說是靈堂不如說是種紀念壇，雪白的桌巾鋪在兩張長桌上，上頭擺滿了小物品、小束鮮花跟寫給逝者的卡片與字條，男孩燦爛的照片就擱在上頭，便利貼滿牆都是。

幾個學生神情哀淒、頭綁白巾的站在那兒，整理著紀念壇。

最怵目驚心的是牆上用紅色噴漆掛的布條：「**殺人凶手站出來！**」

「哇……」他們四個人不約而同的卡在半路，在這歡樂的聖誕節做這種佈置，還真是「別開生面」咧！

「這怎麼回事？」毛穎德回頭望向夏玄允。

他搖搖頭，「除了都市傳說的事外，我都不太清楚啊！」

「感覺好可憐喔！」郭岳洋邊說，一邊留意到牆上還貼了報紙及剪貼，「過去看看不就知道了。」

「喂——」馮千靜來不及拉住他，他已經上前去了。

頭綁白巾的學生們沒什麼動作，只是看著郭岳洋，然後依然沉默的各做各的事。

「哇塞，他們今年太誇張了吧？」

「聽說至今還沒破案不是嗎？」

「但是在學校裡設置這個也晦氣了吧？他們究竟想幹嘛？」

「他們一直覺得凶手是那幾個啊……」

身後議論紛紛的聲音越來越大，怎麼聽都能聽出一二，基本上擺放這樣的紀念壇事必有因。

「郭岳洋，走了。」毛穎德喊著，他不喜歡這個紀念壇。

雖然只是一種抗議手段，但是照片裡的男孩笑得太燦爛，燦爛到他覺得全身發冷。

他有一點點靈異體質，只是些微敏感，沒到什麼陰陽眼或是天眼通的地步，但是如果讓夏玄允知道這個「些微敏感」，他絕對會利用得淋漓盡致，例如帶他到墓仔埔去過夜、請他幫忙翻譯鬼言鬼語之類的——他又不是白痴！

唯有馮千靜知道這個祕密，且守口如瓶。

「這個。」有個很漂亮的女生突然塞了張傳單給郭岳洋，他溫和的道謝後，趕緊跑回他們身邊。

幾分鐘的沉默，是因爲夏玄允跟郭岳洋同時在用手機查詢這件事的來龍去脈，傳單則由毛穎德跟馮千靜接手；上面寫得很簡單，就是照片中的男孩一年前意外過世，至今沒有人落網，但他的同學認爲是化學系的學生在鬥毆間造成的事故。

洋洋灑灑十幾個人的班級名字全印在上面了。

「指控就能成眞，那還需要法律做什麼！」毛穎德皺眉，「他們怎麼能信誓旦旦？」

「誰曉得，不過友情挺感人的。」馮千靜嘆口氣，世上悲慘的事太多了，人生就跟她的格鬥擂台一樣，適者生存，不適者淘汰。

「大喇喇的直接寫上凶手的系別跟名字沒有違反個資法嗎？」毛穎德看著傳單上的人名與系級。

說實在話，既然沒有被判決有罪，甚至連凶手都沒抓到，這樣直接指稱某些人有罪，似乎說不過去。

他們一路往社團大樓去，大樓在校園另外一邊，校園中間的大聖誕樹幾星期前就立起來了，上頭吊滿了裝飾品，除了校方佈置外，各系所的人也會主動提供，務求光彩奪目。

「啊，這事情好像很大耶，去年……的今天，聖誕夜發生的事，統計系的男生在耶誕夜身故，死亡前跟化學系男生在ＫＴＶ有爭執口角，後來還在外頭打架，之後大家一哄而散……」郭岳洋拿著手機閱讀新聞，「不過隔天早上，紀念壇上照片裡的男生，就死在離ＫＴＶ不遠的窄巷裡。」

「怎麼死的？」毛穎德蹙眉，「如果是外傷的話，應該可以找到致命原因啊！」

「身上多處外傷，失血過多……」郭岳洋喃喃說著，手指不停的滑，「可是驗屍結果，學生間的鬥毆並非致命傷，身上的傷口都很小，但是他體內的血都不見了。」

顧著看手機，眼看著就要撞到路燈桿了，馮千靜伸手一逮，把郭岳洋抓了回來。

「不要邊走邊用手機啦！」她說著，「夏天，你也是，等等摔個狗吃屎！」

噢，郭岳洋乖巧的立刻收起，夏玄允雖不情願也放了下來，這件命案去年在學校鬧得沸沸揚揚，但是他們不知道爲什麼都沒在意。

欸，跟「都市傳說」無關的事，一向都提不起他們的興趣嘛！

就像今晚，「都市傳說社」的聖誕活動當然就是比賽說說關於「聖誕節」的都市傳說啊，古今中外全部都能講，而且這還是扮裝派對，人人都挑一個最喜歡的都市傳說來扮相。

「噢，我知道啊！」林詩倪似乎知道許多事，「那是化學系的事，事情鬧得很嚴重，統計系的之前很常去找他們麻煩，也常起衝突，現在兩個系已經不共戴天了。」

「這樣就不共戴天喔？」毛穎德暗自哇了一聲，明明有人根本不是當事者。

「他們當初是一大票人去玩，結果酒後失控，爲了女孩子爭風吃醋才大打出手，拉到店外面去打，聽說就在張庭諱陳屍的巷子附近！」男友阿杰在嘈雜的音樂下吼著，「後來大家打完收工，就把他扔在那兒，所以統計系的覺得是學長他們見死不救！」

馮千靜聽得很吃力，整間偌大的社辦擠滿人，到處都是她很討厭的形象，裂嘴女……上次在公園才遇到一個假嚇人眞搶劫的，她記得還狂揍了對方一頓；還有那個誰扮演瑪莉娃娃拿著復古電話，不得不說社團裡有些人還眞有才。

毛穎德跟她直接往社團的鐵櫃後方，這是馮千靜的專屬區，基本上其他社員都不會侵犯這塊「聖地」。

夏玄允跟郭岳洋兩個人一進來就忙化妝，一個裝扮成「樓下的男人」，另一個裝成「紅衣小女孩」，全部都是他們遇過的「都市傳說」，馮千靜看了就有無名火。

「他們認眞的覺得很有趣嗎？」她把椅子向後，探出鐵櫃外，現在夏玄允把社團的置衣架搬到場中央了。

那是個假人模特兒，這是遭遇「試衣間都市傳說」時殘留下來的悲傷物品，說穿了這是活生生的同學，卻在試衣間裡變成假人；夏玄允把它留下來當紀念物，說可以披掛外套或是放帽子，只有不知情的社員會這麼做，還覺得很屌。

最扯的是，假人模特兒穿戴上聖誕老人的服裝，胸前還繫了一綹金色髮絲。

暑假時他們遇到一尊拼命要回家的法國娃娃，事情相當曲折，總之又是一陣

生死折騰，最後他們竟然還從瑪莉娃娃身上拿到頭髮當「紀念物」！

「認眞的。」與兩個美少男一起長大的毛穎德不假思索的回應著，「妳不知道他們現在對『都市傳說』變得更狂熱了。」

「眞是……」馮千靜無奈的搖搖頭，吃著桌上的零食。

先是一陣熱絡狂歡後，由夏玄允主持，第一屆「都市傳說社」聖誕夜開始囉！社員們可以自由說說關於聖誕節的都市傳說，自己親身經歷的也可以，目的只是好玩有趣，也有點像是鬼故事大賽一般。

有人搞笑、有人表演，說學逗唱的好不熱鬧，馮千靜難得放鬆，毛穎德默默看著她的側臉，難得她今天答應跟他們一起過耶誕夜。

社團活動只到九點，郭岳洋晚上訂好ＫＴＶ，他們要先去吃頓大餐，再去唱歌到天明，馮千靜難得一句話都沒有反對。

大概也想過過眞正大學生的靡爛生活吧？不然像她這樣的格鬥競技者，很難有休息喘氣的機會，每天就是鍛練鍛鍊加鍛鍊，唸書不過是個副業。

「我，林詩倪！」林詩倪愉快的接過麥克風，「我要來說一個，聖誕老人的都市傳說。」

「噢噢噢！」夏玄允拿著鈴鼓、郭岳洋拿著汽笛喇叭，一整個吵死人的狀態，

「唷唷——」

「聖誕夜時，小朋友都會把襪子掛在床頭，期待著聖誕老人會在他們襪子裡放禮物，而父母最常告訴小孩子：乖巧的孩子才能拿到禮物喔！這時有人問了，那壞孩子呢？」林詩倪說話刻意變得緩慢，保持一種神祕感，現場也安靜下來。「壞孩子得不到禮物，相對地，他們還要給聖誕老人一樣禮物。」

嗯？咬著洋芋片的馮千靜一怔，這鮮了，她沒聽過，看向身旁的毛穎德，他也聳聳肩，「好詭異，我怎麼知道自己是好還是壞啊？」

「對！就是這樣，壞孩子怎麼會知道自己是好還是壞？要怎麼準備禮物給聖誕老人呢？」林詩倪聽見毛穎德的說話聲，瞬間拉高分貝，反而嚇了他一跳。

「是啊，難道壞孩子都得準備嗎？不太可能吧？」毛穎德索性跟林詩倪一搭一唱。

「用不著準備，那是人人都有的！」林詩倪用詭異的音調拖長了音，「聖誕老人，會取走壞孩子身上的一個東西，當作他的禮物……」

「身上的……」大家紛紛下意識往身上看，那不就只拿些睡衣而已了？「這什麼惡趣味啊？」

「哈哈哈，那遇到小女孩會不會說要內褲？」一群人開始調侃起來。

「太變態了吧！哈哈哈！」

「噓——」林詩倪突然大聲的噓了聲，讓全場都安靜下來，「聖誕老人要那個幹嘛！他的紅色大布袋裡，有的是刀子跟鋸子，他要帶走壞孩子肉體的一部分當作禮物與懲罰……」

一時間，現場的氣氛降到了冰點，肉體上是指——

「鼻子、眼珠、或是一隻手臂、甚至挖出腎臟，也有可能只是削下皮膚，但不管哪個，聖誕老人一定會帶走壞孩子的一部分。」林詩倪陰森環顧四周一張張詫異的臉，「你們從來不覺得奇怪，爲什麼聖誕老人的衣服是紅色的嗎？那是因爲，被壞孩子的血染……紅……的……」

末了那似幽鬼的氣音，讓許多人下意識打了個哆嗦。

林詩倪關上麥克風，下台一鞠躬，台下哇了好幾聲，緊接著就是熱烈的掌聲響起，連夏玄允不由得站了起來，報以激烈的讚賞。

「哇塞，眞的假的？這也太可怕了吧！」

「割小孩子身上的肉嗎？這比要內褲還變態！」

馮千靜抓過可樂喝了一大口，她眞的是沒聽過這樣的都市傳說，「幸好我小時候還蠻乖的！」

「這應該是假的吧？」毛穎德抱著桌上的洋芋片盒子，「要是眞的話，一個耶誕夜傷這麼多小孩，早上新聞了吧？」

「上新聞也不一定有人會注意！」馮千靜涼涼的說著，「現在每天車禍死五、六個人大家都沒感覺，司空見慣了啊！」

「說得也是！」毛穎德淺笑著，「不過我看林詩倪今晚應該是拔得頭籌了。」

馮千靜看著前面的熱鬧，「我怕的是夏天他們，又一副興奮期待的模樣，今天晚上鐵定會說——」

「你說我們會不會見到染血的聖誕老公公啊？」

夏玄允用一雙期待般的閃亮眸子，雙手緊扣在胸前做祈禱狀，走在公園的步道上。

十一點，他們剛從餐廳離開，因爲實在吃得太撐了，所以決定無論如何得先散個步再說，所幸郭岳洋KTV訂到午夜十二點的，大家還不急著過去；附近就有個大公園，穿過公園閒步一會兒，稍微消化。

「都幾歲了哪遇得到聖誕老人！」毛穎德沒好氣的看著他，「夏天，你小時候的耶誕禮物應該是有求必應吧？」

夏玄允家境富裕，可以說是富二代等級，不過人倒是沒有太惹人厭的王子病，除了對「都市傳說」過分狂熱外，其他都很好相處。

「對耶，因爲我是乖孩子吧！」夏玄允還得意的昂起頭，「我可是聰穎又乖巧聽話的喔！」

「最好。」毛穎德呿了一聲，這種事最好可以自己說啦。

「小……馮同學呢？」郭岳洋好奇的跑到馮千靜身邊，眼前的可是他的偶像啊！

「我？什麼？」馮千靜蹙眉，他眼睛幹嘛這麼亮？

「妳小時候的聖誕禮物啊，收到過什麼呢？」他好想知道，小時候的小靜是怎麼樣的人喔！

「聖誕禮物啊……」馮千靜認眞的思考著，「護膝、手套、雙截棍、長棍……還有，啊！我拿到最棒的禮物，是手指虎！」

三個男孩瞠目結舌的看著她興奮的說著自己的聖誕禮物，呵呵……果然是格鬥世家，打小的禮物跟一般女生就不同啊！

不過郭岳洋的崇拜不減反增，他就知道他的偶像鐵定跟一般人不同，女孩子小時候多半都是拿什麼娃娃啦、扮家家酒啦，果然能年紀輕輕獲得冠軍的小靜，就是與眾不同！

「好了啦，你不要這樣一直看！」馮千靜不耐煩的一掌推開郭岳洋的臉，「每天都在家裡是看不夠喔！」

「怎麼夠咧！」夏玄允咯咯上前，「洋洋迷妳迷這麼久，不管大小比賽他可是一場都沒錯過呢！」

而且雖然住在一起，可是不同系，生活範圍也不同，有時兩三天才能說上兩句話，加上馮千靜對「都市傳說」異常反感，社團活動也都懶得參加，她還得鍛練，見面機會就更少了。

所以，這個耶誕夜，馮千靜願意跟他們一起出來共度歡樂夜晚，郭岳洋簡直是高興翻了。

「咦？」走在最前面的郭岳洋微愣，他們眼前是條微向右彎的小路，彎道上有張小椅子，上頭有個身形壯碩的人正在休息……紅色的衣服，腳邊一大個紅色布袋，頭戴紅色帽子，嘴上還有著雪白的鬍冉……

「聖誕老公公！」夏玄允也瞧見了，在路燈映照下，聖誕老人正靠著椅背像在休息耶，「哪個打工的跑來這邊偷閒啊！嘻！」

馮千靜跟毛穎德早看見了，耶誕夜各商家一定都會請人裝扮成聖誕老人，百貨公司尤其驚人，發糖果的、發型錄跟試用品的聖誕老人滿街都是，這附近就是百貨公司密集地，前面不遠還有個中央廣場，中間那棵銀色的聖誕樹更是耶誕節的重要景點之一呢。

「都這麼晚了，累了吧！」毛穎德經過他們走上前，「等等記得也給人家一個祝福喔！」

「還可以要糖果嗎？」夏玄允立刻往前衝，每次他們都會在路上跟這些聖誕老人拿糖呢！

「我也要！」郭岳洋即刻追了上去，活像兩個幼稚園的孩子。

馮千靜失聲而笑，「眞是夠了！」

「超幼稚的他們！」毛穎德搖頭無奈的表示，一起長大的他，哪會不知道這兩個傢伙的個性。

結果在他們剛剛討論之際，聖誕老人休息夠了，正吃力的站起，要挪動那肥胖的身軀跟大肚子有點辛苦，還恰巧朝他們的方向走來。

「聖誕老公公！聖誕老公公！」郭岳洋終於跑贏夏玄允，「聖誕快樂，我可以要糖嗎？」

「我也要！」夏玄允不甘示弱的在後頭大喊。

「唔？」聖誕老人望著衝來的兩個人，咯咯笑了起來，「嗬嗬嗬，想要什麼糖果呢？」

「你有什麼就給我什麼！」兩個男孩已經來到聖誕老人面前，雙手合掌，掌心向上。

哇，抬起頭的郭岳洋看著聖誕老人，才發現這個扮相眞不是普通的像耶！化妝看起來眞的像有年紀的老人家，雪白的眉毛與長長的鬍子，身形高大，最少有兩百公分……不，可能更高喔，人是太胖了點，肚子好大，但整個裝扮都維妙維肖，甚至剛剛那個笑聲，就跟卡通一模一樣，低沉又帶著點中氣十足的迴盪：嗬嗬嗬。

「來！」聖誕老人從他上衣口袋裡抓出一把糖果，「聖誕快樂！」

「聖誕快樂！」兩個人異口同聲。

聖誕老人抬頭看見走來的毛穎德跟馮千靜，也將糖果朝他們伸去，「來！」

馮千靜微笑上前，禮貌的接過，「聖誕快樂，您辛苦了！」

毛穎德跟著後面，伸出雙手——沙……喀啦喀啦，熟悉的碎石音隨著寒冽的晚風傳來，喀啦喀啦喀啦喀啦，迫使他打了個寒顫。

聖誕老人把糖果放在他掌心時，有更多的黑色碎石從糖果裡散出來——天哪！

他瞪直雙眼，力持鎮靜笑容，「謝謝。」

怎麼？馮千靜留意他突然唰白的臉色，立刻上前主動拿走他掌心上的糖，「這些都給我！」

「欸？」毛穎德被這麼一分心往右看去，馮千靜竟故做俏皮的搶走他的糖。

「呵呵，聖誕快樂！聖誕快樂！」聖誕老人朗聲笑著，挪動身軀要從他們中間穿過。

「謝……」郭岳洋原本想道謝，結果一個踉蹌，居然整個人撲到了聖誕老人身上，「哇！」

「洋洋！」夏玄允趕緊拉住他，免得他把聖誕老人一起撲倒了。

媽呀，這個眞的撲倒了，他們不知道得費多大力氣才能把他拉起來咧！郭岳洋趕緊穩住重心站直身子，然後就不停的跟聖誕老人道歉。

「對不起對不起！我不是故意的！你沒事吧？」剛剛聖誕老人眞的也差點就往樹叢那邊倒了。

「沒事！沒事！」聖誕老人其實很吃力的重新把肩上的大布袋扛好，騰出另一隻手，竟遞給郭岳洋一個禮物。「眞是有禮貌的好孩子！」

咦？郭岳洋又驚又喜，露出靦腆的笑容，好孩子耶，嘿！

說完，聖誕老人就邁開沉重緩慢的步伐，緩緩的往路的那一頭走去。

「他送你什麼？快看快看！」夏玄允比他還心急。

聖誕老人身影已經消失了，這年頭打工還眞辛苦，不知道下一站要去哪裡呢？

「喂！死聖誕老人，擋什麼路啊！」遠遠的，聽見幾個人在叫囂，夏玄允皺起眉往前眺望。

「是不是剛剛在馬路那邊看見的醉小鬼？」郭岳洋邊撕包裝紙也往路的那頭看去，聖誕老人已經轉彎，看不見身影了。

「可能吧……不知道會不會對老人家不禮貌？」夏玄允有點擔心，踮起腳的往前探去。

郭岳洋邊撕開包裝紙一邊豎耳傾聽，確定沒有什麼紛爭與毆打聲後，才放心的把包裝紙全數打開。

「哇！夏天你看！」郭岳洋雙眼一亮，在他手上的竟然是一盒企業號的迷你樂高，「企業號！」

「什麼？」夏天聞聲返回，「太屌了吧！怎麼這麼好……咦？你不是前不久才說想要一台！」

「哇！哪家公司這麼大手筆啊，聖誕老公公買這麼好的禮物送人？」郭岳洋整個人都開心極了，立刻舉起禮物，「毛毛！小靜！」

郭岳洋高興極了，跟夏玄允兩個人立刻撕開糖果吃，剛剛不知道是誰還在喊太飽的。

「你怎麼了，沒事吧？」而距離他們五步之遙的馮千靜，正關心臉色慘白的毛穎德。

剛剛趁著聖誕老人一轉身，她就把毛穎德拉往前多拉幾步，他的頰畔都是冷汗，剛剛那寒顫她瞧得清楚，多半這種狀況就是他又感應到什麼了──「糖果……」

他擰起眉，嚴肅的指指她的手。

「糖？」她攤開兩隻手，上面都是滿滿的迷你士力架。

但是在毛穎德眼底，糖果是跟黑色如黑曜石的碎結晶混在一起的，他只有在一種情況下，會看見這種細碎的黑色結晶石──遇到「都市傳說」時。

「不會吧！」他突然倒抽一口氣，回首看著早已經消失的人影，「那是都市傳說？」

「什麼都市傳說？」馮千靜立刻駁斥，「好好的日子不要提那些東西好嗎！」

「不是，剛剛那個聖誕老人他……」

「聖誕老公公送我樂高！」郭岳洋冷不防的衝了過來，雙手跑著玩具，「你們看！他剛說我是乖孩子時給我的！」

馮千靜與毛穎德的背後有一盞路燈，恰巧照亮著衝過來的郭岳洋，他興奮莫名的搖著剛收到的驚喜禮物，但馮千靜跟毛穎德看到的卻只有他衣服上駭人的一片血紅。

「你怎樣了？」毛穎德即刻扣住他的肩膀往後推，「什麼時候受傷的？」

「天哪！撞到什麼了嗎？」馮千靜跟著把他手上樂高抽走，扔給跑在後頭的夏玄允，「接著。」

咦咦咦！夏玄允慌張的兩手接住，一臉莫名其妙，「怎麼了啊？」

「郭岳洋受傷了！」毛穎德跟馮千靜立刻檢視他的全身上下，夏玄允不解的也繞到他前頭看，今天郭岳洋穿的是白色的上衣，現在卻已是一片血紅。

「洋洋!?」夏玄允倒抽一口氣，「怎麼可能！我們一直都在一起，他沒受傷啊！」

馮千靜立刻按壓他身體，郭岳洋也被這陣仗嚇到了，因爲衣服上眞的全部都是血，當馮千靜壓著他胸口問會不會疼，重新舉起手來時，他都可以看見沾上她掌心那黏膩的液體。

「我沒受傷，也沒跌倒……」郭岳洋茫然的搖頭，「我剛剛是差點跌倒，但是夏天抓住我了。」

「對啊，而且他是撞上聖誕老公公，並沒有跌倒或是……」

毛穎德一顫身子，不可思議的轉向夏玄允，「撞上……聖誕老人？」

面對毛穎德那驚駭的神情，夏玄允不由得嚥了口口水，「是？」

有人知道，聖誕老人的衣服爲什麼是紅色的嗎？因爲那是被血染紅的顏色……幾乎是同時，馮千靜也想起了晚上林詩倪說的都市傳說，瞪圓了雙眼。

走！下一秒，他們兩個就扔下郭岳洋，直接往來時路奔去，想要追上那個聖誕老人。

「咦？」郭岳洋被扔棄得莫名其妙，呆然的與夏玄允對望。

「不會吧？」對都市傳說極爲敏銳的夏玄允察覺到了，「你的血如果是從聖誕老公公身上轉印來的——」

郭岳洋張大了嘴，雙眼綻出光芒，「都市傳說！喔耶！」

兩個男孩轉身，也追了上去。

馮千靜跟毛穎德順著小路一路奔到剛剛過馬路的地方，今天大家都去狂歡，公園裡本來就沒有人，他們早已失去聖誕老人的身影。

「這麼大隻，走路倒挺快的！」毛穎德站在入口左顧右盼，只有車水馬龍。

追上來的夏天在距離他們身後五公尺煞住步伐，因為地上鮮紅的血滴引起了他的注意，「停！」

他打橫手臂攔下郭岳洋，省得他一腳踩上血；這一喊引起馮千靜兩人的注意，他們兩個回身，看見夏玄允跟郭岳洋低著頭看著血跡，甚至順著血跡一步兩步三步的往……旁邊黑暗的灌木叢裡去。

「站住！」毛穎德指著他們大喝，這兩個明明最沒本事的，卻最愛一馬當先往危險裡衝。

餘音未落，馮千靜已經經過他身邊，直接走進灌木叢……毛穎德一陣無力，還有這個很有本事的，都覺得自己應該扛下所有危險。

「啊……啊……」

果然才踏上草地，就聽見了痛苦的哀鳴聲，重重疊疊的有好幾人的聲音，帶著痛苦與哭泣。

馮千靜回頭看向毛穎德，挑高了眉，他立刻拿著手機上前，打開手電筒往灌木叢裡照。

燈光一亮，照亮了在綠葉上鮮紅的血跡，馮千靜赫然發現他正撥開草叢的手上全是鮮血，因爲這些灌木叢上頭灑滿了噴濺的鮮血。

而灌木叢裡的草地上，有三、四個少年正在地上打滾，他們似是痛得說不出話來，也有人已經昏了過去，詳細狀況他們看不清楚，只確定最明顯的是有個趴在角落的男孩，右手血流不止。

因爲手肘以下，被砍斷了。

好孩子能得到禮物，那壞孩子能得到什麼呢？

第二章 送出你的……

「喔喔喔，妳是我的花朵～」

聖誕夜的KTV裡人滿爲患，大廳有著超過百名的人，苦苦等待著有人能提早唱完，盡速離開，好讓他們這些沒訂到位的人能進去歡唱。

三男兩女在包廂裡高歌，沒唱歌的人就吃吃喝喝，順便閒聊，唱歌本來就這麼回事。

「厚！」長捲髮的梅西突然抱怨著哀了聲，看著手機皺眉，「煩！」

「什麼什麼？妳剛不是打卡了嗎？」旁邊短髮女孩阿紅眨著假睫毛大眼湊過來，「誰說什麼了嗎？」

「還不是統計那掛！」梅西翻了個白眼，「奇怪耶！他們幹嘛就是愛鬧我啊！」

志清聽見也湊過來，剛剛梅西自拍後上傳照片，標題寫著「耶誕夜就是要來唱歌啊，不然要幹嘛？」，這張照片下面出現了「蔡韻潔」的名字，直接寫上：「他的忌日你們一點愧疚感都沒有嗎？」

「幹，刪掉啦！」志清嚷著，「煞風景耶，妳幹嘛都用公開？」

「我這麼正當然要公開啊！」梅西的確長得挺漂亮的，不過她被按讚次數最多的都是露胸照。

例如今晚，她再度穿上緊身深V的紅色衣服，拍照一定斜上四十五度角度拍攝。

「他們都鬧一年了，有完沒完？」阿紅也不爽，「今天直接在學校擺紀念壇，還發傳單，上面寫著我們的名字。」

「又沒證據，這一年還不夠嗎？我們都進出警局跟法院幾趟了，又不是我們殺的！」志清扯了嘴角，「還不是自己不禁打！況且不是證實死因不是我們造成的！」

歌聲接著停下，另一個橫紋T的黃威霖有些感嘆，他的手機上顯示著臉書功能：「我的這一天」，系統會調出每一年這個日子發生的事——去年的耶誕夜，他們是特大包廂，裡面有二十幾個人，統計系與化學系，明明那麼的熱鬧，別開生面。

爲什麼，最後會以悲劇收場了。

「不管怎麼說，去年大家都太衝動了。」黃威霖中肯的說著。

四個人紛紛看向他，找不出話反駁，起因都是在阿賴身上，去年的主辦人，也是系上的頭兒，但是今年大家根本就不想跟他一道，畢竟經過去年那檔子事後，他就被退學了。

「好了，不要再想這些了！」戴帽子的痞子白用麥克風高聲說著，「我們是來Happy的！唱唱唱！」

黃威霖拍拍梅西，叫她不要管那票統計系的，好好的日子不能老是被他們影響。

房門的小窗忽然出現一個人影，沒有人在意，緊接著門被推了開。

「咦？」就坐在門邊沙發上的梅西抬起頭，向右先看到紅色的凸肚子。

龐大的身軀吃力的挪了進來，他得側身才擠得進這道門。

站著唱歌的男孩們都愣住了，所有人呆呆的看著幾乎快跟天花板一樣高的紅衣老人！

「聖誕老人！」阿紅吃驚的嚷了起來，「哇！KTV的活動嗎？」

「嗬嗬嗬……」聖誕老人發出低沉長串的笑聲，將背上的大布袋給取下，

「Merry Christmas！」

「Merry Christmas！」五個人異口同聲的回應著！

超屌的啦，KTV居然還有做這麼棒的驚喜安排！看著聖誕老人彎身打開布袋，大家更是雙眼一亮，居然還有禮物，真是有心。

「你們是好孩子還是壞孩子呢？」在翻找禮物的聖誕老人突然抬首問了。

「當然好孩子啊！」痞子白說得直接。

「喔呵呵，好孩子才拿得到禮物喔！」聖誕老人瞇著眼看向他們，「壞孩子的話，就得送我禮物了！」

「我們是好孩子！」梅西用嬌滴滴的聲音說著，雙手裝可愛的向上。

聖誕老人頻頻點頭，緩緩從紅色的布袋中，抽出了一支細小的木鋸，「怎麼可以說謊呢！你們明明都是壞孩子喔！」

咦！梅西嚇得跳了起來，但是連站都來不及，竟被聖誕老人一隻手推回沙發上，下一秒粗厚戴著手套的手，立刻罩住她的嘴巴，直接把她壓上了沙發。

「哇呀——」阿紅踉蹌的向後，摔到了沙發與茶几之間的地上。

「死老頭，你幹什麼！」志清丟下麥克風，直接朝聖誕老人衝了過來。

唰！聖誕老人高舉著木鋸，向著欲衝來的他，逼得他緊急止步。

「該你們送我禮物了喔！」聖誕老人微笑看向被壓在身下的梅西，高舉了鋸子。

「嗚……嗚嗚——唔！」

按下輸入，毛穎德插播了一首歌。

他們已經身在KTV包廂裡，報警之後他們就離開現場，毛穎德並不想再進警局做筆錄，章警官在美好的耶誕夜要是又看見他們，一定會打壞他該是愉悅的夜晚。

就當作是路人路過、撞見、報警，他催促著大家火速離開，別忘了他們說好要夜唱到天明的。

不過，實在沒多少人有心情狂歡。

「爲什麼不能待在那裡？」夏玄允跟郭岳洋還用麥克風大聲哀號，「我們想知道到底是誰弄傷他們的！」

是想知道怎麼弄的吧！毛穎德冷冷的回頭看向他們，他當然知道這兩個傢伙非常渴望的想留在原地，爲的就是想確定殺傷那些少年的，究竟是不是剛剛那個「聖誕老公公」。

馮千靜坐在沙發的另一頭吃著炸魷魚圈，她是舉雙手雙腳贊成火速遠離現場的那位。

「你們在想什麼！搞不好只是青少年鬥毆而已，什麼聖誕老人……」她涼涼的說著，「那個老公公年紀這麼大，就算是裝的，肚子裡塞了這樣重的東西，還揹一大袋重物，行動根本笨拙緩慢，是怎麼拼得過幾個肖年仔！」

「如果他是都市傳說就不一樣啊！」夏玄允亮著雙眼，一手拿麥克風，一手指著她，「都市傳說的聖誕老公公，怎麼會怕區區幾個青少年呢！」

「對！我們不是有聽見那幾個少年好像跟他起爭執嗎？」郭岳洋雙手緊握著麥克風，難掩興奮之情，「一定是撞到聖誕老公公了，他們還出言不遜，這是壞孩子的表現……」

很嚴重，他們眞的很嚴重。

馮千靜心裡雖然這樣想，但是卻無法忽視郭岳洋剛剛換下來的衣服，上頭沾滿了濕黏血液，進入公園前一切安好，唯一接觸到的外人，就只有那個身形龐大的聖誕老人……

能這樣沾上郭岳洋的衣服，就表示那血多新鮮，才剛染上而且量大到衣服無法全數吸收。

「你們唱歌就唱歌，不要拿麥克風在那邊講話！」毛穎德掩耳不耐煩的喊，「很刺耳，吵死了！」

畫面這時跳到下首歌，兩個站在沙發上的男孩立刻開始鬼吼鬼叫。

馮千靜嫌煩，決定出去自助吧再拿點爆米花進來。「我去拿爆米花，還要什麼？」

「薯條！」夏玄允舉手。

她開門出去，今天KTV全數客滿，每一間都傳來美聲、或嘶吼、或尖叫、或亂喊的聲音，有時候到這兒來不一定是唱歌，而是爲了一種氣氛、爲了大鬧一場。

「喔喔喔，妳是我的花朵~……」

「跳針跳針跳針叫我姊姊！」

「啊啊——喔喔——」

馮千靜從底下拿出大碗，開始盛裝爆米花。

喀，前方大概十公尺處傳來開門聲，一抹鮮紅走了出來。

咦？她顫了一下身子，忍不住停下舀爆米花的動作，看見龐大的聖誕老人，一手扛著他的大布袋，另一手正拿著本子細讀查看。

是剛剛那個聖誕老人！

她幾乎可以百分之百確定，不僅僅是因爲過分高大的身高、還有肥胖的身形、沉甸甸的布袋，最重要的是因爲這個聖誕老人的衣著與平時的不盡相同。

他的帽子上有個槲寄生的別針，葉片看起來甚是銳利！

彷彿意識到這兒有人，聖誕老人突然轉了過來。

馮千靜與之四目相交，連閃都沒閃，她知道這時應該要假裝沒看見的，但是迎視敵人是她的本能啊！

在擂台上，怎麼可以閃避對手挑釁的眼神！

「啊！」聖誕老人果然認得她，瞇起看上去和藹的雙眼。

馮千靜很勉強的擠出笑容，朝他頷了首，開始繼續盛裝爆米花的動作。

可是，下一秒，聖誕老人轉過身朝她走了過來。

他移動著肥胖的身軀，一步兩步的朝她走來，馮千靜不明白他究竟想做什麼，她剛剛做了什麼變成壞孩子嗎？

「好慢喔馮千靜！」郭岳洋驀地衝了出來，「咦？聖誕老人！」

該死，爲什麼出來的不是毛穎德！

「喔喔！」聖誕老人一臉驚喜的模樣，肥胖的手指舉起來，指向馮千靜……

不，他指向的是爆米花。

但是她很難專心，因爲她發現到這個聖誕老人的手上帶著血跡。

「您想吃爆米花嗎？」郭岳洋立刻轉身，「我幫您弄！」

「拿我的吧！」馮千靜鎮靜的說著，她舀上最後一匙，遞給郭岳洋。

有什麼是可以當武器的？她巧妙的留意周遭，聖誕老人現在看起來手上什麼都沒有，但是她無法忘記在灌木叢地上的男孩們，手上的斷口多麼平整，那是使用工具卸下的。

提起都市傳說就很興奮的郭岳洋，此時此刻也變得謹慎，畢竟他沒有忘記身上沾染的血從何而來，如果這個聖誕老公公是貨眞價實的都市傳說，他最好一直當個好孩子。

他身上每一寸，都不想送給聖誕老公公。

聖誕老人把身上的大布袋放下，那東西重得郭岳洋在旁邊看都能有感覺，他不敢太靠近，以免妨礙聖誕老人做事，當紅色布袋放下來時，他可以聽見裡面發出許多東西碰撞的聲響。

然後，他也把手上的小本子放下了。

接過郭岳洋手上的一碗爆米花，聖誕老人又發出那種低沉的呵呵呵笑聲，開心的把爆米花往嘴裡送。

郭岳洋下意識的瞥了一眼桌上的本子，紙本外圍有著黑色的框，只有中心是白色的很特別，上頭血跡斑斑，看得令人膽戰心驚……嚥了一口口水，他別開眼神，內心正天人交戰，他好想問那些血哪裡來的？好想問聖誕老公公，您的衣服眞的是被血染紅的嗎？

抬起頭，卻發現聖誕老公公正瞪著他。

是，是瞪著，他僵硬著身子，清楚的感受到聖誕老公公的眼裡冰冷得令人膽寒。

馮千靜已經移到一旁倒熱咖啡，右手邊是湯品，湯杓唾手可得，而此時不需要對上眼，她都可以感受到和藹的聖誕老人全身上下迸發著強烈殺氣。

「你偷看我的送禮清單。」聖誕老人低沉的說著，「你這壞孩子。」

「我沒有！」郭岳洋立刻搖頭，「我是瞥了一眼，但上面寫什麼我沒看啊！」

端起熱咖啡，馮千靜以靜制動的站在原地。

「你看了。」

「對！我看了本子，但我看不見上面的字！」郭岳洋焦急的說著，手都舉起來立誓了，「這麼遠我根本看不見，就算很近——上面花花綠綠的根本看不到字啊！」

「花花綠綠……」聖誕老人低首看向自己的本子，拿起來端詳，剎地一大疊紙掉了下來。

原來那不是本子，而是一長條紙反覆折成本子狀，而聖誕老人這麼一動，後面的紙全鬆落地——郭岳洋立刻閉上眼，不然又要被說偷看了！

「上面塗成那樣，怎麼看得見寫什麼！」他再次強調，「我沒有說謊，聖誕老公公，我才不喜歡亂看別人東西呢！」

聖誕老人默默的把紙張重新折疊收好，此時又有人打開門，聖誕老人飛快的把整疊紙塞進口袋裡，彎身抓起布袋，重新甩背上身。

「哇！」其他包廂走出的人一見到這麼大尊的聖誕老人，無不嚇了一跳。

「嗬嗬嗬。」聖誕老人發出標準笑聲，又恢復眉開眼笑的模樣跟其他人打招呼，緩步的往出口的方向走去。

一直到確定他進了電梯，馮千靜才鬆開握著湯勺的手，同時，郭岳洋覺得虛軟的撐著桌子緣，他嚇都嚇死了。

「沒事了。」身後傳來毛穎德的聲音，「馮千靜，妳手上的咖啡給他。」

馮千靜趕緊遞上熱咖啡，管他是什麼，都要先讓郭岳洋喝點熱飲，讓他平靜一下；夏玄允默默的跟著毛穎德後面走出，他們剛剛在裡頭狐疑為什麼他們拿爆米花要這麼久？不安的出來探看，卻發現了那位聖誕老人。

毛毛要她不要聲張，他們就在門邊觀望，萬一有事，隨時出手幫忙。

「好可怕！他瞪我的眼神超可怕的！」郭岳洋驀地哽咽出聲，「就是一副凶狠之態，準備要殺了我似的！」

「所以？」夏玄允來到他身邊，緊緊握住他的手。

淚水滑出郭岳洋的眼眶，他們不斷的點著頭，卻帶著狂喜！「是他！是都市傳說的聖誕老公公！」

馮千靜皺起眉，等、等一下……爲什麼她覺得郭岳洋的淚水是感動之淚？他不是因爲害怕而哭泣，那是喜極而泣耶！

「你發神經了嗎？他剛剛可能會對你不利耶！」她也是忍無可忍了，其他在盛裝食物的客人有些錯愕。

「我知道，我剛也很害怕，但是、但是我心跳得好快！」郭岳洋綻開笑容，「他離我這麼的近耶，夏天！就這麼近！」

「我看到了，你還有看見什麼嗎？他身上有滴血？包包裡是什麼？」夏玄允比他還興奮，「那個本子裡有什麼？他爲什麼這麼生氣？」

「被偷看不爽吧！偷看也不是好孩子的行爲。」毛穎德不耐煩的看著他們，「再遇到拜託不要搭訕，不管他是什麼都很危險！」

「可是……」夏玄允還敢可是，跟著往他離開的方向看……「他為什麼又出現在這裡？是因為我們嗎？」

郭岳洋跟著往他離開的方向看，立即回首看向馮千靜，「小靜，他剛剛就在這裡嗎？」

馮千靜蹙眉，搖搖頭，「不對，他從前面那個包廂出來的。」

前面，她隨手一指，心裡突然不安。

服務生在外頭穿梭忙碌，他們沒有搭理他們在幹嘛，這是公共場所。

毛穎德只覺得全身發冷，他明白夏天擔心什麼了，馮千靜繞出自助吧，往前筆直走去，畢竟只有她看見聖誕老人自哪間包廂步出；她停在那間包廂前，未鎖的包廂她卻不想推開。

「找人嗎？」服務生的聲音冷不防的由後響起，疑惑的看著他們四個人。

四個人不約而同的回頭，更同時向後大退一步，由夏玄允堆起笑容，「那個我們剛剛看見好像有同學進去耶，但這樣進去有點唐突，可以請你幫我問嗎？我叫夏玄允，看有沒有人認識我。」

「好的！」服務生親切的頷首，先敲了根本沒人會聽見的門，旋即推門而入。

咿——門一敞開，裡面燈光昏暗，天花板的水晶球閃爍著，螢幕還在播放沒人唱的歌曲，亮光照射在整間包廂中，任誰都無法忽視滿牆飛濺的鮮血！

「天哪！」毛穎德緊皺起眉，看著混亂的包廂，哀鳴聲被音樂聲蓋過，有好幾個人或在沙發或在地板上抽搐著！

服務生完全呆愣在原地，突然一隻手握住了他的腳，「哇啊——哇——」他向後大跳，夏玄允跟郭岳洋及時扶住他，「冷靜！冷靜……是人！」

夏玄允反手把燈光調亮，讓人看清楚裡面發生了什麼事，地上的女孩用滿是鮮血的手抓住服務生的腳踝，抬起來的臉龐可以清楚看見被削去的鼻子。

「救命……救救我！」她哭得泣不成聲，不停哀鳴。

好幾個人都還活著，牆上、地上、沙發上處處鮮血遍佈，連他們點的飲料裡都沉入紅血。

「啊啊——啊啊——」阿紅尖叫著扶著沙發試圖站起，「好痛！救命——我看不見！」

她雙手掩著臉，滿臉都是鮮血，但至少活著……郭岳洋顫抖著說不出話來，手機，他手機在包廂裡啊！

「報警！快點！」在最後面的馮千靜抓住了路過的服務生，「發生命案了！」

服務生一怔，往裡頭探頭一瞧——幹，當場嚇得臉色發白踉踉蹌蹌後退，衝到工作站去打電話報警。

夏玄允一個個仔細的梭巡著，能動的應該都還活著，身上的血跡代表他們受了傷，不會動的就看不出生死了。

至少有一個，確定已經死亡了。

他端坐在沙發的正中央，把他的頭送給聖誕老人當禮物了。

第三章
再聚首

濺血的耶誕夜，包廂裡抬出了四個傷者一名死者，馮千靜他們也站在附近觀望，裡面有五個人；三男兩女，長髮的女孩鼻子被削掉，短髮的女孩右臉頰整塊被割下。

完全清醒的只有兩個人，那個長髮女孩跟一個穿橫紋T恤的男孩，他傷勢最輕，只有小指頭的第一截指節被剁掉。

「我的鼻子……救命！」梅西在擔架上歇斯底里，「他殺了志清，他殺掉志清了……聖誕老人殺人！」

這次不必他們說證詞，監視錄影器會說話，出入都是一個龐大的聖誕老人，沒有其他人；清醒的男孩叫黃威霖，他全身抖個不停，臉色慘白，醫護人員花了好長時間才讓他冷靜下來。

但所謂冷靜，也只是不停的重複：「是一個聖誕老人下手的，他鋸掉志清的頭，是一個聖誕老人下手的，他鋸掉志清的頭……」無限迴圈。

第一時間幫忙急救的馮千靜等人還有服務生身上都是血，警察自然得問當時情況，服務生如實回答，是有人想找包廂裡的人。

「所以你們是同學？」警察問著。

馮千靜已經默默退到最後面，頭能壓多低就多低，她是內向害羞自閉的馮千

靜，千萬不要找她說話喔；毛穎德很配合的擋在她前面，盡可能不讓她受到矚目，反正出風頭這種事就交給那兩位就是了。

「對！不過只是同校，他們不一定認得我們。」夏玄允居然回答得如此自然，毛穎德詫異的看著他們的背影，扯謊也太流暢了。「就是剛好看到，想要打招呼。」

「既然不認得，為什麼要打招呼？」看吧，警察果然覺得奇怪了。

「啊，因為他們很紅啊！」郭岳洋說得輕鬆，「警察先生不知道厚，他們一年前的今天捲入一場命案，我們今天才在學校看見死者的紀念壇呢！」

咦？馮千靜忍不住抬起頭來，戳戳毛穎德，他也驚異的回頭望向她，兩個人用眼神交換示意，不懂郭岳洋他在說什麼啊!?

「什麼？」警察相當訝異。

「一年前的KTV命案啊，有人在KTV門口打架，後來移動到附近巷弄中再打群架，最後有個大學生死在那裡。」夏玄允明快的交代著，「那幾個人是打架的其中幾位……你看！」

他用手肘戳著郭岳洋，郭岳洋倒是伶俐的從包包裡拿出下午在紀念壇拿到的傳單！

啊！毛穎德想起來了，傳單上面落落長的嫌疑名單，天哪！夏天他們什麼時候知道這幾個人就是名單上的人？馮千靜好奇的上前一步，挨在毛穎德身側後，那張傳單她只是掃了一眼，根本沒進腦子裡，這兩個傢伙怎麼對這種事突然敏感起來了？

幾個警察湊過來看，果然有人立即想起了事隔才一年的案子，也跟著想起了剛剛抬走的幾個人。

「對啊，有他們幾個，十幾個人呢，血氣方剛的。」處理過的員警說著，「好了好了，原來是這樣，所以你們是想看熱鬧？」警察問著眼前兩個根本不像大學生的男孩。

一臉天眞可愛，活脫脫像高中美少年，還稚氣未脫呢。

「我們想知道那天的事嘛，而且死者的同學今天在學校發這個耶！」夏玄允刻意用高昂的音調說著，「超想知道實情的！」

「欸，不要八卦！」資深警察說道，「不過幸虧你們好奇，才及時發現……問完沒什麼事就讓他們走吧！」

聞言，馮千靜向後大退一步，她想先去洗手了。

他們回身往自己的包廂走去，主管早在那邊等候，問他們是否有要繼續歡唱，不管唱多久，今晚都是公司招待。

毛穎德說要考慮一下，其實他們剛好需要一個空間來討論剛剛發生的事情。

「是聖誕老公公！是聖誕老公公！」一關上門，夏玄允簡直是用歇斯底里的聲音喊出來的，「你們看見了吧！真的是他，他把壞孩子的身上的東西拿走了！」

「有個同學死了，我覺得這不是值得興奮的事！」毛穎德一進來就先顧著倒飲料喝，「頭整個被鋸掉，天哪！那是多罪大惡極啊？」

「我又不是因爲那個人死了才興奮，我是爲了聖誕老公公！」夏玄允義正詞嚴的解釋，「不要趕流行，學網路上愛扭曲事實喔！」

「你們兩個的邏輯很難不讓人誤會……」馮千靜從廁所步出，洗淨滿是鮮血的雙手，「那群人是化學系的，你們確定嗎？」

郭岳洋一揚手上未收起的傳單，「千眞萬確。」

馮千靜立刻擦乾手接過，這會兒她想要仔細瞧了，因爲聖誕老人如果來找其中的五個，就代表應該會再去找剩下的……一二三四五六七八……

「八個？」挨在她身邊的毛穎德瞠目結舌，「他們十三個人打一個？」

「統計系也有不少人，才叫群架嘛！最後不知道爲什麼演變成這樣。」郭岳洋認眞的說著，「爭風吃醋，統計系幾乎都是女生，就今天在紀念壇那邊的正妹。」

馮千靜仔細看著傳單上的字眼，嫌疑凶嫌，死者……一長串的名單，現在看起來有點膽寒。

「那個眞的是都市傳說嗎？」毛穎德沉思著，「還是有神經病藉著耶誕節，扮裝殺人？」

「眞的要殺人不會留下活口吧？」馮千靜疑惑的看著他，「包廂裡五個人，有人丟了命，女孩被毀容，一個被切掉腳掌，卻還有一個只被剁下小姆指的第一個指節？」

「那是黃威霖！我認得！」夏玄允立即接口，「我們共同課同班，我是看到他才聯想到這件事的！」

啊啊，難怪這兩個傢伙這麼有自信的應對警方，原來夏玄允確實認識其中一員。

「有聽過他提起去年聖誕夜的事嗎？」毛穎德再問，夏玄允搖搖頭。

「我們一星期才見三小時，而且這種事應該很少人會想說吧。糾紛、命案、法院，加上統計系那群人的死纏爛打，要是我連提都不想提！」夏玄允聳了聳肩，「下午拿到傳單時我有想到他是化學系的，總不太可能這麼巧吧！」

「在裡面時，夏天就跟我說他認出黃威霖了，這樣剛好可以構成理由。」郭岳洋認眞的趴到桌子對面，探看著那張紙，「阿賴，這個是主嫌……還有志清，就是被斷頭那個……」

他的食指在上面點呀點的，有點緊張。

「休學的就是阿賴，因爲被驗出有吸毒！」夏玄允之前有搜尋到資訊，「他們去年在唱歌時有拉K，才引起一連串的紛爭。」

熱鬧、歡聚、氣氛一HIGH就開始飲酒、吸毒，情緒失控跟著引發後面一大堆的問題，爲了小事起爭執、變成追打、最後造成一條生命的殞落，最扯的是，隔天早上，根本沒有幾個涉案人記得這件事！

或許酒精、或是因爲毒品，當時被驗出有拉K的人好幾個，也有人是吸K煙，酒精會退、但是毒品一旦吸食不是那麼快能代謝掉的，輕易就能查出。

學生們承認HIGH過頭時有吸了幾口煙，酒是每個人都喝了，就是沒有人承認殺了張庭諱。

「眞的有這個都市傳說？」馮千靜凝重的問，「這種血腥的聖誕老人？給好孩子禮物、跟壞孩子收禮？」

茶几對面蹲坐的兩張秀氣臉龐用力點著頭，雙眼亮得令人厭惡。

「這樣挺可怕的，連小孩都不放過的話……」毛穎德嚥了一口口水，喉頭緊窒，下意識又看向身上的血衣。

「先不管其他小孩了，我覺得要先在乎這張單子上面的人！」郭岳洋很緊張的把傳單轉過來，拿手機拍下畫面，「大家都拍一下吧，我們至少比較好查。」

「查？你要查什麼？」馮千靜開始覺得大事不妙，「該不會……」

「小靜，有人命在旦夕耶！」夏玄允用很認真的眼盯著她，「難道妳要見死不救嗎？」

馮千靜一怔，「命在旦夕？」這是哪門子的形容詞？

「你們又知道聖誕老人想做什麼了？我們連他下一站要去哪裡都不知道！」毛穎德深呼吸，「不要沒事找事，那個如果真的是都市傳說，很危險的。」

那就是都市傳說，他百分之百肯定，這不是他想要的直覺或是能力，但是剛剛他看見了滿間包廂的黑色碎石混在鮮血當中、混在聖誕老人移動到自助吧台邊跟馮千靜要爆米花的路徑上！

「他要去找壞孩子啊！」夏玄允焦急的指著傳單上，「這邊傷了五個人，剩下八個他能放過嗎？」

「這你能肯定嗎？說不定是巧合？說不定他們跟公園裡那票死孩子一樣，曾衝撞了聖誕老人？」馮千靜挑高了眉，雖然她覺得自己在找藉口。

她討厭都市傳說、更不喜歡跟都市傳說打照面，但是這個「都市傳說」如此凶殘，事情活生生在她面前發生，實在很難視而不見！

「我看見了……」郭岳洋突然幽幽冒出一句。

嗯？三個人不約而同的望向他，「看見什麼？」毛穎德問。

「聖誕老公公的名單……」郭岳洋劃上一個尷尬的笑容，「上面都是血我看不清楚，但是有一個名字上面剛好沒沾到太深的血跡，所以——」

他伸手，指向了阿賴的名字。

馮千靜瞪圓雙眼，「好哇，你眞的有看見？你騙他？」

「我才沒有！」郭岳洋吐了吐舌，「我是後來才想起來的，我當下眞的沒發現我看見了。」

「那是殺人名單嗎？」毛穎德看向馮千靜，當時只有她跟郭岳洋在外場。

「不一定殺人，剛剛他只殺了一個，可能是收禮名單。」馮千靜擰起眉，重新把傳單拿過來瞧，「我們要弄清楚這怎麼回事，要不然這聖誕夜就要血流成河了。」

「咦?」夏玄允跟郭岳洋簡直喜出望外,「小靜願意跟我們一起奮鬥嗎?喔喔喔!」

嘖!她不耐煩的起身,「沒有見死不救的道理!你們誰打電話給那個叫蔡韻潔的,有沒有什麼可以問。」

蔡韻潔,這名字與電話就寫在傳單下方,還加註:如您有任何線索,請打此電話。

現在這線索大了吧,連聖誕老人都認定那些人是壞孩子了。

公關派的夏玄允立即拿著手機出去,郭岳洋跟著他,毛穎德困擾的是另一件事,「打給他們有用嗎?我看那些統計的好像非常厭惡這群人,在他們認定化學系都是疑犯的前提下,說不定還會額手稱慶咧!」

「你覺得他們會希望聖誕老人就這樣一一的懲罰壞孩子嗎?」馮千靜沉吟說,「這也有可能,但我只是想藉由他們聯繫看看那名單上剩下的八個而已。」

他淺笑,真不知道是什麼命數,美好的聖誕夜也能遇上聖誕老人這種「都市傳說」!

遇到就算了,聖誕老人都說他們是好孩子了,本事不關己……但是,看見包廂裡的慘狀，眞的很難不做些什麼。

四個傷者一條人命，但是那兩個被毀容的女孩未來怎麼辦？這比殺了她們還殘忍，一個臉頰整片被削掉，另一個連鼻根都被切掉，重建勢必千辛萬苦，再美麗的容顏也在這瞬間化爲烏有。

被切掉腳掌的男孩未來也成爲身障人士，砍頭的就不必說了，連命都沒了還能做什麼！而只被切掉小指頭的黃威霖，倒是很有研究的必要。

「好吧，要幫就幫到底，否則我們自己都於心難安！」毛穎德無奈的嘆口氣，「眞搞不懂我們爲什麼老遇到這種事啊，妳不覺得太誇張了嗎？」

「誇張啊，但又不能不管！」馮千靜覺得最煩的是這點，「欸，你有聽過吸引力法則嗎？該不會是因爲那兩個一天到晚希望期待遇到都市傳說的念力太強，所以就——」

餘音未落，門被推開，兩個男孩激動的衝了進來。

「他們就在附近，說立刻到，我們到樓下去跟他們會合！」夏玄允不知道在開心什麼咧，晚上社團大會時也沒見他這麼期待。

「爲什麼不叫他們上來？現在包廂是任我們使用啊！」毛穎德蹙眉，放著這麼好的環境不用也太浪費了。

「沒有時間了！聖誕老人一個晚上要把所有壞孩子的禮物收集完，他速度很快的！」郭岳洋已經把手機扔進包包裡，「快走吧，他們知道其他八個人現在在哪裡！」

被這兩個人搞得雞飛狗跳，馮千靜跟毛穎德也火速收拾東西離開，但是再趕，也沒錯過剛聽見訊息：「他們？」

不是只打給蔡韻潔嗎？怎麼突然變複數了？

「今天是張庭諱的忌日啊，他們當然會做儀式啊，正在他死亡的地點。」夏玄允已經拉開門，郭岳洋尾隨於後奔跑而出。

毛穎德這才把包包側揹上肩，馮千靜圍上圍巾，看著關上的門，不由得與毛穎德對看一眼……是在急什麼？逃命嗎？

「我覺得他們很想跟聖誕老人要簽名。」

「自拍。」

唉！不約而同嘆了口氣，他們不急不徐的往樓下走去；經過命案現場時，黃色封鎖線刺眼的圍在那間包廂外頭，裡頭的血跡斑斑，馮千靜只想知道，被鋸下頭顱時，那個男孩是清醒的？還是尚有意識？

該是帶來歡樂與禮物的聖誕老人，怎麼會變得這麼駭人？

離開KTV，外頭冷風刺骨，所以馮千靜跟毛穎德決定在擁擠的大廳等，至少裡頭較爲溫暖；明明人還沒到，夏玄允跟郭岳洋卻不知道在高興什麼似的，兩人寧願站在寒風中聊天，邊說還邊查手機。

「都市傳說是不是因應他們的想法而產生的啊？」馮千靜很認眞的透過落地窗看向他們兩個。

「希望不是。」毛穎德靠著窗戶搖頭，「妳知道爲什麼我放不下他們了吧？從小到大他們沒事都能惹出事情來。」

「放不下夏天就直說嘛，夏天很迷人的，多少人也都放不下他呢！」每次提到這個話題，馮千靜總會話中有話的調侃他。

因爲一起長大，加上夏玄允細皮嫩肉，不分男女，他可是很多人的菜呢！但不知道爲什麼，最近馮千靜提起這件事，他就會不太高興，「我是直男好嗎！」

「欸，別不好意思喔！我沒有偏見喔！」馮千靜認眞的說著，「我看你對夏玄允的擔心，已經超出了尋常人……」

「我有喜歡的人了！」驀地一陣低吼，來自不悅的毛穎德。

馮千靜愣住，看著毛穎德不悅的扭頭往門外去，她則被吼得莫名其妙……

凶、凶什麼啊！她也沒推斷錯誤啊，誰會無時無刻不盯著夏天看？他一有事比誰都緊張，而且總能預測他的行爲，平常生活又貼心得不得了？

不是夏天……啊！馮千靜詫異的往外頭看，難道是郭岳洋？

遠遠的有一群人過馬路，一邊講著手機，接著看見夏玄允高舉起手揮著，馮千靜立刻把圈在頸子上的圍巾拉開，頭埋進圍巾裡疾步走出，第一時間再度躲到毛穎德身後去。

「你好，我就是蔡韻潔。」說話的就是下午在紀念壇邊那個亮眼的標緻女孩，她穿著粉色的羽絨衣跟嫩黃的圍巾，非常襯她的膚色。「誰是夏玄允？」

「我，叫我夏天就好了，他是郭岳洋，這個酷酷的是毛穎德，然後後面那個……戴眼鏡的是馮千靜。」夏玄允飛快的介紹著，「我們是『都市傳說社』的人。」

「我知道。」蔡韻潔接著回應，「沒有人不知道都市傳說社啊！最近發生好多令人匪夷所思的事！你打給我說張庭諱的事跟都市傳說有關，是怎麼回事？」

她身後一個男孩左耳穿了七八個耳環，唇環更是閃閃發光的趨前，「喂，說什麼鬼話，張庭諱的死跟都市傳說有什麼關係？你們那個什麼都市傳說社的是不是神經病啊？」

這種說詞在早年迷都市傳說時，他們早就聽爛了，根本當耳邊風。

「我想請問你們這張傳單上的人，是去年參與打架事件的人嗎？」郭岳洋把傳單拿出來，蔡韻潔即刻點頭。

「沒錯！」蔡韻潔邊說，一邊留意到外頭的警車與救護車，不安的頻頻張望。她身後的耳環男，還有另兩個女生也都不時側目。

「那個，就是運送其中五位。」毛穎德彎身探前，直接指向他們身後的救護車，「有五個人剛剛在樓上出事了，其中一個還被砍頭。」

眼前四個人眨著雙眼，一時之間無法反應，有人甚至還皺眉，不太理解毛穎德說了什麼。

「你們聽過聖誕老公公的都市傳說嗎？」郭岳洋精準的解釋了一遍，「是這樣的，剛剛聖誕老公公去找其中五個人，並且奪走了他們身上的一樣東西。」

他們紛紛蹙眉，「什麼……東西？」

「我看看，志清被拿走頭顱、梅西是鼻子、阿紅是臉頰、痞子白是腳掌。」夏玄允看著傳單，上面有郭岳洋精準的紀錄，「黃威霖被取走小指頭。」

「黃威霖！」一個戴著貝蕾帽的女生驚呼出聲，「他、他其實沒有什麼大錯啊！」

「秀娥，妳不能因爲喜歡他就這樣吧？黃威霖多少還是幫凶，只是說他沒有太過分而已，他還是有承認打了庭諱！」身邊的米粉頭妹不平的說，「他只會事後在那邊說對不起，他應該要阻止大家的，放馬後炮誰不會啊！」

「可是他就沒有……」

「好了啦！麥吵！」耳環男低吼著，「妳們兩個先聽人家說！」

哇，看來這位耳環大哥挺有威力的，馮千靜正迅速確認這個團體中的主導者是誰。

「你們是說有人受傷也有人死了……」蔡韻潔喃喃說著，「是因爲都市傳說？」

「嗯！」眼前兩張漂亮的臉使勁的點頭。

「可是……可是這個……」蔡韻潔一臉不敢置信的樣子，畢竟突然要她相信都市傳說存在、又殺了人，若非身在其中，根本無人肯信。

「現在沒空管你們信不信，我們必須知道其他八個人在哪裡。」毛穎德打斷了他們的驚訝，「聖誕夜很短，現在已經要兩點了，天亮前聖誕老人會把所有壞孩子都收集完的……」

「你是說他們都會死嗎？」耳環男皺眉，「這樣不對，我們要的是他們認罪，承認自己害死了張庭諱！不是莫名其妙的被什麼……都市傳說殺死!?」

「很遺憾的，報導也不會說是都市傳說，會歸罪給裝扮成聖誕老人的變態凶手。」毛穎德聽出耳環男介意的重點，「這些可憐的學生都會變成受害者，變態殺手刀下無辜的亡魂……」

「他們才不無辜！」突然間，四個人異口同聲的怒吼起來。

這聲音引起附近的人圍觀，夏玄允跟郭岳洋立刻發揮公關魅力，拼命朝四周嘻笑的說在開玩笑，用可愛的笑容掩蓋一切。

「不管有意無意，他們造成了張庭諱的死，就得受到法律制裁！」張秀娥認眞的握拳，雙目炯炯。

「我希望在法庭上聽見他們認罪！」米粉頭的女孩扶了扶裝飾用的圓框眼鏡，眼角淚光閃閃。

蔡韻潔較之他們沉穩很多，只是苦笑一抹，「我只想知道眞相……」

「所以要想辦法阻止啊！」夏玄允飛快的把話題拉回來，「你們還知道其他人在哪裡嗎？」

大家湊上前去，瀏覽一下名單，「離這裡最近的是何典州跟曾定鑫，他們在同一間美式餐廳打工，今晚沒得休。」

耳環男旋身往遠處的百貨公司集中地一指，「就在那裡的美式餐廳，面對著中央聖誕廣場！」

距離這裡不過五分鐘路程，馮千靜內心涼了一半，如果聖誕老人要過去，早就已經得手了吧？

不過現在還沒有任何命案傳出，是不是代表目前相安無事？哇塞，從這裡到餐廳的中間，還有這麼多壞孩子啊？

「別想太多，也有好孩子得送禮，聖誕老人很忙的。」毛穎德完全知道她在想什麼，「你們有什麼何典州的電話嗎？打給他！」

四個人一陣尷尬，「他們應該不會接吧？」

「不管什麼方式，傳就對了！」夏玄允說著，雙手沒停過，「我編輯好文章後你們也傳送給他們，LINE或訊息都可以，務必要讓他們遠離聖誕老公公！」

恰巧小綠人亮起，他們小跑步的過了馬路，迎面而來一大群唱聖歌的人，還有……無數個聖誕老人。

報福音！

我的天哪！他們不禁面面相覷，要在聖誕夜遠離聖誕老人？

這好像太難了點啊！

第四章 原則嚴謹的聖誕老人

他們現在位在熱鬧的地方，附近全是商圈與百貨公司林立之處，而且還有百貨公司分成數棟，佔據了寬廣的地盤，還形成一個中央廣場。

沿路都是百貨公司，所以裝飾上一點都不馬虎，完全的聖誕風格，不管是飾物或是燈海，滿滿的節慶氣氛；聖誕花圈、槲寄生到處都是，最棒的是中央廣場正中間會有一棵巨大的銀色聖誕樹，妝點得七彩繽紛，燈光閃爍不斷，還有許多小卡讓大家書寫願望，繫在聖誕樹上頭。

廣場呈寬廣方形，被四棟建築物包圍，四周圍還搭建小木屋、雪橇、麋鹿等應景的場景，供民眾合影留念，吸引人潮。

許多營業時間超過百貨公司打烊時間的餐廳，就會設在面對中央廣場的方向，各棟樓都一樣，因爲這邊剛好都有出入的樓梯，店家設置在這兒一方面可以跟百貨公司內部賣場隔離，一方面也方便大家出入。

有兩個男生在這裡打工，分別叫曾定鑫跟何典州。

「去年的事件後，他們也就拆夥了，大家很少在一起，我知道他們裡面也彼此怨懟，說不該那麼衝動的。」蔡韻潔一邊說一邊緊握著手機，期待有聲音響起。

他們當然有那十三個人的ＦＢ，只是不知道他們會不會理他們罷了。

「我還是覺得很怪，都市傳說？」耳環男叫李青，「都市傳說會殺人？」

「它不是殺人，都市傳說有自己該做的事。」夏玄允熱心解釋著，「像裂嘴女會把女孩子的嘴巴割開、樓下的男人會帶走心儀的妹、試衣間會帶走試穿衣服落單的人……」

「這是一種職責，它們是都市傳說，各有負責的部分。」郭岳洋說得活像這些都市傳說都有打卡上班似的，「聖誕老公公，就是來給好孩子禮物、懲罰壞孩子的。」

「孩子，可是我們都已經是大學生了！」張秀娥跟著邊跑邊咕噥。

「對一個存在幾百年的傳說而言，大家都是小孩子啊！」夏玄允說這話時，可敬佩了。

毛穎德跟馮千靜殿後，他們不太說話，前頭的米粉頭妹頻頻回頭看他們，覺得他們跟隱形人似的。

他們只是不想多話，反正該說的夏天跟郭岳洋會不遺餘力的說明，他們要做的是留意那個龐大的聖誕老人從哪邊出來，還有，如果真的遇到了，他們能做些什麼。

「歡迎光臨！」推開木框門，門上鈴鐺叮拎響著，戴著聖誕帽的服務生走了過來，「請問幾位呢？」

「呃……」夏玄允一時語塞，這時蔡韻潔閃身到他面前。

「抱歉，我們找人，曾定鑫跟何典州在嗎？」她露出甜美的微笑，「我們有很急的事情。」

服務人員立刻回首，餐廳逼近客滿狀態，人聲鼎沸，此時一個端咖啡的瘦高男生一見到他們，眉頭立刻皺起，露出一種「有完沒完」的臉。

「阿鑫，找你的！」服務人員比了一下，再轉過來輕聲的說，「他現在還在上班中，所以有事可能麻煩……長話短說？」

「放心。」蔡韻潔再度送上甜笑。

端著咖啡壺的曾定鑫走了過來，眉頭緊蹙，頂著一張臭臉的瞪著蔡韻潔等人，再疑惑的看著夏玄允，有好幾個沒見過。

「喂，你們會不會太誇張……」他直接把他們往外推，不想在店裡起爭執。

「出事了！」蔡韻潔劈頭就說，「志清死了，梅西跟阿紅被毀容，黃威霖被剁小指，痞子白被砍掉腳掌。」

曾定鑫明顯愣了住，「妳在說什麼!?」

「不到半小時前發生的事，他們在KTV包廂裡被一個聖誕老人砍殺……」

李青壓低聲音，往身邊瞥了一眼，「這位是夏天，都市傳說社社長。」

一聽見「都市傳說社」，曾定鑫明顯瞪圓了雙眼，「都市傳說社？」

「我是夏天，聖誕夜有一個都市傳說，關於聖誕老公公出馬給好孩子禮物，卻懲處壞孩子；有鑑於你們有五個夥伴已經受傷了，我認眞的請你考慮安全問題。」

夏玄允邊說，一邊踮起腳尖越過他往後看，不是還有一個人嗎？

「何典州呢？」張秀娥探頭問著。

「在後場。」曾定鑫滿腦子混亂，「你們在說什麼東西啊？欸，都市傳說，你們社團寫的是眞的嗎？你們眞的遇過都市傳說？」

「誰在跟你胡說八道啊，都已經有人死了！」小米焦急的說，「如果那個聖誕老人是按照去年害死張庭諱的名單，你們誰都逃不掉。」

「幹！什麼害死張庭諱的名單，不關我們的事！」曾定鑫顯得很惱火，「那件事已經落幕了，我們沒罪、我們——不是我們殺了張庭諱！」

「問題是聖誕老公公覺得你們是壞孩子啊！」郭岳洋揚著名單，「一共十三個，現在解決了五位，剩下八位！」

曾定鑫皺起眉抱著頭，他來回踱步，「你知道你們在胡說八道什麼嗎？你剛說誰死？」

「志清。」蔡韻潔飛快的拿出手機，「他們唱歌前有打卡，每個都受傷，只有一個死亡。」

「這個削掉鼻子、這個臉頰整塊被刨掉、這個是腳掌、這個小指頭、這個是頭。」夏玄允指著手機裡的人說著，「然後洋洋不小心看見聖誕老公公的名單裡，有阿賴這個人。」

他看向蔡韻潔另一邊的郭岳洋，他立即接口，「對，加上這名單，我覺得……如果去年涉案的都是壞孩子的話……」

曾定鑫不耐煩的闔上雙眼，深吸了一口氣，「所以？」

「你們也是其中的人，我們是很討厭你們，但不代表希望你們也受傷，要不先閃？」李青嚴肅的說，「至少暫時避開？」

「天哪！你們這樣莫名其妙跑來跟我說這些……很不可思議的事，叫我一時怎麼相信？」他揉著太陽穴，「簡單來說，就是有個聖誕老頭子正準備來殺我？」

「不是殺，是取走你身上的一樣東西。」夏玄允糾正，「只是他下手前，我們不會知道是哪一樣……」

就像志清，他壓根兒不會知道，自己被取走的會是頭顱。

馮千靜嘆了一口氣，嘆氣聲之大，再再顯示出她的不耐煩，毛穎德有相同的感覺，難得人還活著，不該在這裡拖時間。

「各位，我插個嘴。」毛穎德終於忍不住出聲，「一句話，要生要死？」

他直視著曾定鑫，他不認識毛穎德也沒見過他，只是被這突如其來的銳利雙眼弄得不知如何是好。

「生……」他弱弱回了一句。

透過窗子，可以看見有個壯碩男人疑惑的往他們外面望出來，馮千靜拍拍毛穎德的肩，指指裡面。

「啊！何典州！」張秀娥拼命朝他招手，「出來！出來啊！」

「不管真假，都市傳說本來就很玄，但我們確實遇到過，也確實有人出事，更不要說你們有五個同學現在分別都在醫院跟殯儀館。」毛穎德條理說著，門被推開，何典州步了出來，「你們就當作被騙，忍幾個小時直到聖誕夜過去，保下一命如何？」

「在說什麼保命！」何典州一出來就沒好口吻，一把將曾定鑫往後拉，甚至動手要推蔡韻潔，是李青先一步抵住他。「你們現在改來威脅我們喔，忌日一到就受不了了？就說已經跟我們沒有關係……」

開。

又要再解釋一輪嗎？馮千靜簡直忍無可忍，突然一個箭步上前把毛穎德推

「現在有人要殺你們兩個，要活命的就跟我們走，想死的就繼續待在這裡，就這樣！」她突然的出聲，讓所有人都錯愕。

眞是簡潔有力的說詞啊，連前因後果都懶得交代了，夏玄允暗自哇了一聲，偷偷的鼓掌。

「說什麼啊？」何典州丈二金剛摸不著頭腦。爲什麼突然說有人要殺他們？

「他們說——」曾定鑫才要開口，門被叮拎推開，看來是店長的人不悅的探頭而出。

「喂！你們不要太誇張，現在是上班時間，還兩個都出來。」男人掃向了其他人，「很抱歉，你們動作眞的太大了，已經影響到我們店內。」

何典州立刻道歉，拍拍曾定鑫胸膛，「走了啦！進來！」

他匆匆的走進店裡，果然他們引起不少側目，店裡的客人都朝外張望著；但聽到較多言語的曾定鑫反而不放心，將他們往旁邊的角落再推去，至少不要讓客人一眼就看見他們。

「你們說黃威霖他們出事是眞的嗎？」曾定鑫在乎的是這個。

「去年你們涉案，現在聖誕老公公要來算帳了。」郭岳洋說得煞有其事，「別上班了，快點跟我們走！」

「我……我去找何典州，等我一下。」曾定鑫顯得很徬徨，「你們說是一個聖誕老人？就聖誕老人的模樣？」

「對！又高又壯又胖的聖誕老公公，揹一個超級大的布袋，又重又沉，肚子很大，走路有點外八，跟一般我們看到的都一樣，聖誕帽上面有別一個槲寄生的別針。」郭岳洋形容得一清二楚，「他都會嗬嗬嗬的笑著，慈眉善目的，但那完全是假象！」

小米呆呆的望著右邊，走廊上傳來叮拎拎的風鈴聲，「你們說的……是那個嗎？」

她指向一個剛走進美式餐廳的巨大聖誕老人，服務生正上前愉快的高喊著：「歡迎光臨！」

「哇！」整間的客人興奮的笑了起來，居然有聖誕老人耶！

什麼!?所有人不約而同往右一大步，斜著身子往店裡頭看去，果然看見紅色的身軀在裡頭移動著；馮千靜更是往前看個仔細，回頭望向所有人，給予肯定的答案：是他！

「嗬嗬嗬！」聖誕老人低沉且中氣十足的聲音笑了起來，在店裡灑著糖果。

「他來了！就是找你們來的！」毛穎德立刻拉過他，不讓他被聖誕老人看見，「你先躲起來吧！」

「等等，何典州還在裡面！」曾定鑫焦急的說著，「我、我從後面進去！」

「後面？」李青推著他，要一起去找。

毛穎德一伸手按住李青的肩，「我去，夏天，你帶他們到樓下去，順便抓緊機會聯繫其他人。」

「咦？你可以嗎？不然我們一起……」李青凝重的說著，越多人越好辦事嘛！

「你經驗值不夠，我們面對都市傳說的經驗值比較高。」毛穎德提到「我們」時，眼神是越過李青往後的。

李青跟曾定鑫紛紛順著他的眼神看去，只見那個「內向」的女孩正抓起手腕上的髮帶，把那一頭亂七八糟的蓬鬆頭髮紮成一束馬尾，瀏海朝旁邊撥去，而且正挽起袖子。

「妳……」李青不解，但已經被馮千靜往後拉開，並且夥同曾定鑫要繞到餐廳的後面了。

夏玄允趕緊上前，要大家從旁邊的樓梯往下走，「人多麻煩，我們先下去吧，不要引起聖誕老公公的注意。」

「噓……」郭岳洋還叫大家安靜，飛快的轉身往樓梯下走。

不過蔡韻潔跟李青一點都不放心，如果那位聖誕老人如他們剛剛說得那麼可怕，就兩個人去會不會太危險吧？

「那個他們……」蔡韻潔憂心忡忡。

「毛毛說只要他們兩個人，就是他們兩個。」夏玄允嚴正的對著蔡韻潔說，「不然小靜會生氣的。」

嫌他們礙手礙腳，成事不足敗事有餘，晚上又要被固定技折凹身體了，他才不要。

曾定鑫帶著毛穎德跟馮千靜繞到廚房後面，順利的從後門溜進去。

「東西放下，立刻走。」毛穎德趨前劈頭就把何典州手上的盤子拿起，擱在一邊。

「喂，你們在幹嘛？」廚師跟管理人不明所以，「曾定鑫！爲什麼把人帶進來？非工作人員不得——」

砰！餘音未落，他身後的門猛然一開，正擊中他的後腦勺，直接讓他往前撲倒！

紅色龐大身影側身擠了進來，笑彎著眼望著廚房。

「嗬嗬嗬！找到了！」聖誕老人準確的指向了何典州他們。

「快走！」毛穎德旋身推著曾定鑫，回首吆喝著何典州快閃人啊！

何典州根本完全搞不清楚怎麼回事，一如整間廚房的工作人員一樣，但是這種狀況下跟著跑就對了。

「壞孩子怎麼可以跑呢！」聖誕老人倒是從容不迫，把肩上的大布袋擱下，很快的從裡面拿出了東西，「何典州——」

咦？何典州一愣，爲什麼聖誕老人知道他的名字？

「不要回頭！」在門外接應的馮千靜大喊著，但是來不及。

何典州回首，看見一個莫名其妙的東西正往他這邊飛來，他下意識雙手擋在眼前，感受到有個似水球的物品直接砸上他的身體，嘩的瞬間破掉，裡頭冰冷的水灑了他一身。

「這是怎麼回事!?」廚師怒吼著，趕緊端起手上的平底鍋，差一點點就污染食物了。

「哇！」何典州聳起雙肩，從頭到腳都在滴水，他嚇得呆站在原地。

「走啊！」毛穎德抓過他，馮千靜衝進來要先把曾定鑫帶走。

這個廚房比想像的大，障礙物超級多，窄小的走道在料理長台中間，他們不但得閃食物，還要閃躲人。

「曾定鑫！壞孩子，還沒給聖誕老人禮物呢！」不遠處輕揚的笑聲伴隨著巨響，聖誕老人竟一骨碌躍上了料理台！

這看得所有人目瞪口呆，包括馮千靜，這麼龐大的身軀哪裡來這麼靈巧的動作啦！

聖誕老人一步等於他們好幾步，無視於料理台的食物、刀具或是鍋碗瓢盆，直接砰砰砰三步併作兩步一下就逼近他們了！

「走！」馮千靜瞬手抓過了就近的刀子，一把將曾定鑫往前推。

毛穎德拽過何典州，一刻也不能停留，聖誕老人再幾步就——咦？他突然聞到了詭異的氣味，邊跑邊回頭，怎麼這樣刺鼻？

縮手聞向掌心，那染在何典州身上的是……

「酒精！」他回頭望著何典州，瞳仁裡卻映出了橘色的火苗。

奔來的聖誕老人，隨手扔出了小小的火柴，貼上何典州的身體。

「哇——」毛穎德飛快的撐住料理台邊緣，一骨碌跳上，以最快的速度遠離了何典州身邊，下一秒，轟的一聲，火球就燒起來了。

「哇啊！」轟！何典州眨眼間變成橘色火球，慘叫聲旋即傳來，「好燙！哇——呀——」

毛穎德的手沒有來得及閃，被火星傳遞得也跟著燒起，但是他眼明手快的抓過料理台上的抹布火速壓熄，痛得甩著手。

「快！滅火器！」下頭的廚師大喊，但何典州已經痛苦淒厲得到處亂轉，因著他亂轉，延燒的東西更多。

毛穎德想拿東西先就近滅火，但是腳下劇烈震盪，一抬頭，聖誕老人已經近在眼前——「毛穎德！蹲下！」

馮千靜的聲音從後傳來，他連思考都沒有，反射神經讓他立即伏低頸子，一把菜刀咻的自下方往上射來越過他頭頂，直抵聖誕老人的頭顱——如果他的手沒有接到的話。

聖誕老人隻手輕而易舉的抓住刀刃，彷彿那只是個塑膠玩具似的，抛出刀子的馮千靜簡直瞠目結舌，她就算不是職業鉛球運動員，好歹也有一定的臂力吧，居然能接得這麼輕鬆!?

站在馮千靜身後的曾定鑫更是嚇得臉色慘白，仰望著站在料理台上的巨大聖誕老人，眼尾裡塞著瘋狂慘叫、渾身是火的何典州，蔡韻潔跟李青他們說的是眞的！

聖誕老人來找他們算帳？爲什麼!?

聖誕老人睨著馮千靜，眼神微瞇，空著的左手伸出一根食指，對著他們搖晃著，彷彿說著：NO NO NO……緊接著右手將刀子上拋轉個方向，倏地改握住刀柄，下一秒就甩了回來！

天！毛穎德即刻翻身從右邊滾下去，馮千靜也直覺的往旁撲倒，這眞的太誇張了！這樣的聖誕老人是哪裡來的啊!?

「哇！」曾定鑫慌張失措，下意識曲膝又高舉雙手交叉在眼前，做出一種反射的抵擋動作。

唰——菜刀掠過他臉側，咚的嵌入牆壁，而刀上好端端立著四根手指頭。

「哇啊啊啊——」曾定鑫這才感到劇痛，他顫抖的看著自己的右手，四根指頭整齊的從第二指節被削了斷！

什麼!?馮千靜雙手撐地的回身，看見鮮血啪噠的滴上她的腳，仰首看著曾定鑫驚恐的慘叫，右手已被自己的鮮血染紅。

咚咚咚，聖誕老人直直往他們走來，毛穎德火速往後門爬去，跳起後揪住馮千靜的外套就向外拖；馮千靜火速的跟著站起，略微踉蹌的依著毛穎德的身子往

後門奔去，雙眼不可思議的看著跳下料理台末端的聖誕老人。

「一、二、三、四……」他沒有要攻擊他們的意思，也無視於已經靠牆滑坐在地哀鳴的曾定鑫，而是愉悅的從嵌在牆上那菜刀上撿起四根斷指，「呵呵，我本來想要你半截手掌的可惜就變成這樣了……」

聖誕老人用溫柔低沉的聲音說著，轉過身看向坐在地板上哀叫的曾定鑫，「明年要乖喔！才不必送禮給我啊！」

何典州已經倒在地上，有廚師拿滅火器滅去他身上的火，他幾乎就滾在聖誕老人面前兩公尺之處，拿著滅火器的廚師們驚恐的望著他，頭一次看見代表歡樂的聖誕老人會如此令人恐懼。

他們後退著，聖誕老人往前走著。

「我就拿走你皮膚了，我手套的材料還有很多，就不增加重量了。」聖誕老人邊說，一邊拉拉自個兒手上的手套。

那是人皮手套!?馮千靜緊握著雙拳，拉著她手臂的毛穎德也跟著緊繃起身子。

「啊啊……」坐倒在地上的曾定鑫緊握住自己手掌的斷口，涕泗縱橫的望向他們，「救我……救我！」

這一出聲，引起了聖誕老人的留意。

毛穎德回神，倒抽一口氣，立刻把馮千靜往外拉，但聖誕老人已經轉了過來。

「嗬嗬嗬！」他卻朗聲笑了起來，「小心不要變成壞孩子喔！」

在後門關起前，聖誕老人依然透過那門縫朝著他們笑。

馮千靜反抓住毛穎德的外套，冷汗濕了衣背，卻不敢多做停留，兩個人腳步再不穩，也只能邁開步伐奔離現場。

「曾定鑫……」她不能把他留下來啊。

「夏天說聖誕老人會拿走壞孩子身上的一件東西，他已經拿走了。」毛穎德冷靜的說著，「四根指頭已經收下，他應該不會……不，他也沒有再對曾定鑫做什麼不是嗎？」

馮千靜斜眼瞥了他一眼，痛苦的點頭，是，剛剛聖誕老人就站在曾定鑫腳邊，卻只顧著拿斷指，的確沒有傷害他。

他們繞到剛剛跟大家分散的地方，旁邊就是曲折通往一樓的樓梯，可以聽見餐廳裡足音紛沓，再過一會兒，警笛聲就該響起了。

「剛剛聖誕老人說什麼妳有聽見嗎？」轉身下樓時，毛穎德凝重的問。

「有。」馮千靜她深吸了一口氣，「千萬不要變成壞孩子喔！」

意思是說，如果你們再妨礙我，就會變成壞孩子嗎？

第五章 壞孩子們

「這裡這裡！」才剛衝下來，就可以看見二十公尺外的廣場正中間聖誕樹下，兩個興奮過度的男孩在招手。

夏玄允原本咧著嘴在揮手，但是隨著跑來的人影只有兩個時，他的笑容漸漸僵硬。一旁的郭岳洋也皺起眉，看著越來越近的同學，不由得看了夏玄允一眼。

「只有毛毛跟小靜。」他輕聲說著，也覺得大事不妙。

在他們倆身後五公尺的銀色聖誕樹下，是蔡韻潔跟李青等人，他們正在傳訊聯絡，剛剛聯繫上另外一對情侶，他們很巧的就在這兒旁邊的電影院看午夜場，多虧他們輪流不間斷的傳訊息，惹得他們不得不查看手機。

而且，已經約好在這棵樹下見面。

這棵聖誕樹永遠都是最佳的會面點，瞧瞧附近有多少人聚在這兒，大道上的街頭藝人仍在演奏著，或是小丑表演、或是應景音樂，或是抒情情歌，充斥在以中央廣場為主的四條大道上。

「怎麼……」夏玄允蹙眉望著奔來的毛穎德，抱著一絲希望，「他們不願意來嗎？」

「來不了了。」毛穎德搖搖頭，「聖誕老人拿到禮物了。」

郭岳洋瞪圓雙眼，同時間警笛聲與救護車聲音響起，由遠而近，也的確朝著餐廳那棟樓接近；中央廣場這邊的逛街大道是禁止汽機車進入的，其他車子都得由外圍道路前進。

「人呢？」小米留意到他們來了，卻沒看見一壯一瘦的身影，「不是去帶他們嗎？」

「何典州被拿走皮膚、曾定鑫是左手四根指頭。」毛穎德直接交代，省得一人問一句煩都煩死了，「沒能來得及帶他們閃人，聖誕老人先把禮物拿走了，都沒死，不過何典州狀況不太好。」

女孩子們忍不住驚恐掩嘴，蔡韻潔緊張的問著，「拿走皮膚是什麼意思？皮膚被刮下嗎？」

「被火燒，全身都被燒掉了。」馮千靜嫌眼鏡麻煩，取下往口袋裡塞，「先考慮其他人吧！」

「火？幹！」李青有點不可思議，「這是眞的耶，眞的有這種聖誕老人在找壞孩子拿禮物。」

「皮膚被燒掉了以後怎麼辦？」小米光這樣講就在發抖，「你們說曾定鑫被砍斷指頭，然後人沒事？」

「要看沒事的定義，人是活著，指頭被切斷血流量也不大，但聖誕老人的確取了手指便走。」毛穎德平復心情，回頭找夏玄允，「剛剛聖誕老人是直呼他們兩人名字的，目標非常準確，這是怎麼回事？」

夏玄允趕緊湊過來，「聖誕老公公一向都有名單吧，就算是傳統的聖誕老公公，也都有份清單，否則他怎麼送禮物！」

「更別說那個聖誕老公公手上有一大疊壞孩子清單，該送的該收的，一個都不會錯過。」郭岳洋趕緊接口，「記得嗎？原本哪個禮物給誰都是分好的，自然要跟誰收什麼禮物，應該也早就列好了。」

「頭、鼻子、臉頰、小指、腳掌、皮膚、手指……不，是半截手掌，我覺得聖誕老人取這些東西不是隨機。」馮千靜從剛剛聖誕老人思考了這個問題，「加上早列有名單，跟誰收什麼如果是定好的話，那麼——勢必跟去年的事有關了。」

「斷頭的那位，在去年的事件中佔了很重的比例嗎？」夏玄允立刻問。

蔡韻潔用力點頭，「志清是主使者之一，一開始就是他挑起事端的，起鬨打架的也是他！」

「到底發生什麼事？我們有必要知道。」毛穎德接口，因為聖誕老人比他們更清楚。

「我們只知道我們看見的，後面的事沒人知曉。」李青覺得煩躁，「這就是我們這一年來在糾結的事情，張庭諱死前發生的事情我們都不知道……我那天應該要留下來陪他的！」

「你是爲了我們好啊！」張秀娥嘶起嘴，「你不送我們回家，我們也會怕啊！」

哦，所以去年是李青送女孩子回家，張庭諱留下來嗎？他留下來做什麼？都打架鬧翻了，難不成還回去唱歌？

叮，蔡韻潔手機響起，她低首看了一秒後，立即抬起頭來左顧右盼。

「來了嗎？」高人一等的李青也開始張望。

「又找到人了？」毛穎德這才發現。

「嗯，找到另外兩個，是情侶，就在旁邊看電影。」夏玄允趕緊補充，「他們一直傳訊，也把我剛發在社團的文貼給他們了，都是俊傑，不等電影播完就出來了。」

「俊傑咧！」馮千靜低笑起來，識時務者爲俊傑可以這樣說嗎？

警笛聲停了，應該正在上樓處理被取走東西的何典州跟曾定鑫吧！馮千靜現在比較擔心的是，中央聖誕樹距離店家這麼的近……她眼神沒離開剛下樓的樓梯，如果聖誕老人要再找人，根本輕而易舉。

「一年了，時間過得好快。」李青感嘆的看著聖誕樹，「去年我們明明在這裡許願的。」

「我還掛了許願卡呢……」小米也難受的說，「我還記得張庭諱利用職務之便先掛好了，有點偷跑的嫌疑！」

「呵，他在這裡打工嘛！」張秀娥笑得很勉強，也是盈滿傷感。許願的當下，他們誰也沒想到會發生那樣的悲劇。

「啊！在那邊！」小米指向反方向，黑暗的走廊中有一對男女手牽著手，也在尋找，「嘿！這裡這裡！」

郭岳洋飛快的上前，壓下小米的手，「不要揮，不要引起注意。」

「咦？引起什麼注意？」小米還呆呆的。

蔡韻潔立刻明白，輕拉了她向後——不要引起聖誕老人的注意。

馮千靜跟毛穎德始終都面對他們才剛離開的樓梯，這邊有現成的兩個人，如果他們是聖誕老人的話，只要從餐廳移動到這兒，就又有禮物可以拿了，非常順路還省時間，何樂而不爲！

一對男女跑了過來，臉色當然不甚好看，但是沒有剛剛那何典州的反應這麼激烈，夏玄允說已經傳了社團文章給他們看，或許已經概略知道一二。

在他們朝大家走過來之際，突然鈴聲響起，從左邊走來一大票人，而且是一大票聖誕老人跟唱詩班!!

「Merry Christmas！」一堆紅衣紅帽的聖誕老人手上拎著大小不一的布袋，還從裡面拿出各式糖果。

演奏者輕快的以跳舞的方式進場，邊跳邊演奏著輕快的聖誕聖樂，後面則是教會人員用親切的笑容與聲音，祝大家聖誕快樂，然後神祝福你。

這一切，只是讓靠近銀色聖誕樹的大家緊繃——有沒有搞錯，這麼多聖誕老人？

「不要緊，他很特別，非常高又非常大隻！」郭岳洋趕緊回頭向所有人說，「大家留意！」

餘音未落，一條金莎就擺在他面前，郭岳洋愣愣的接過，老公公笑著繼續往前，給蔡韻潔一顆沙士糖、李青是一條小的七七乳加；所有群眾都圍了過來，也有好些個聖誕老人分散到大道上去，主動分享糖果給其他人。

而街頭藝人反應敏捷的改變歌曲，奏了首「Merry Christmas」，其他樂團也跟著齊步改變，一時間中央廣場熱鬧非常，而且響著同樣一首節慶歌謠：We Wish You A Merry Christmas……

所以前來的情侶也被擋住，他們焦急的想過來，伸手接了好幾個糖果，急著繞過這群人，朝銀色聖誕樹前進。

馮千靜也被眼前不斷出現的糖果惹得有點不耐，但還是維持禮貌的說謝謝，巧克力、餅乾、麥芽糖餅，還有一堆祝福，平常她一定覺得有趣，但是現在她連聽到這些歌都會讓她有點焦躁。

回首往右邊看去，那對情侶好不容易鑽過了人群，心急如焚的朝他們過來。然後，龐大身影驀地擋住了他們的去向。

「嗬嗬嗬，聖誕快樂啊！」高大的聖誕老人低首看著他們，「布魯斯跟劉思辰吧！老公公來跟你們要禮物了！」

咦？聽見自己名字的情侶莫不錯愕抬頭，看著眼前超過兩百公分高的巨大聖誕老人，要禮物？

「你是？」不是應該要給禮物嗎？

「壞孩子得給我一樣禮物啊！」聖誕老人邊說，一邊將肩上沉重的布袋放下，看起來挺使力的。

打開袋口，劉思辰往裡頭一瞥，看見的就是一隻血淋淋的斷手跟一大堆血腥的斷肢殘臂！

「哇呀——」她失聲尖叫，男友即刻由後箝住她的雙臂往後拉。

但是聖誕老人卻火速的從裡面抓出了一把長刀，動手就朝女孩子揮了過去——就在千鈞一髮，一隻腳倏地勾住聖誕老人的手。

馮千靜高踢腿之後，用腳掌扣住了聖誕老人的手腕，在他狐疑的朝左略轉過來時，右腳即刻下壓，緊接著左腳蹬上，雙腿夾住聖誕老人的手，將聖誕老人往地上壓制！

「快走！」毛穎德從情侶身後衝來，一把將他們往前推，「大家快跑！」

聖誕老人重重摔地，馮千靜卻比誰都柔軟的火速跳起，並且遠離了聖誕老人旁，一旁還有人報以熱烈的掌聲，馮千靜回首看去沒有別人，果然又是夏玄允跟郭岳洋！

「走啊！」她咆哮著，這時候拍什麼手啊，又不是在比賽！

倒地的聖誕老人皺起白眉，下一秒居然不扶任何物品，雙腳一蹬就立定跳起，這太不科學了，這麼肥胖的身材跟大肚子，不可能有那個腰力起身啊！

馮千靜立刻回身趕夏玄允他們離開，她距離聖誕老人數公尺，對峙著。

只是聖誕老人依舊不急不徐，倒沒有多看她一眼，趨前拎過自己的人布袋，一手擎著刀子朝情侶身後追去。

其他人分別躲進兩旁的走廊，也跟著往前奔。

「呀——」一看到有個聖誕老人揮刀在路上跑，讓路人們紛紛驚嚇尖叫閃避，而小情侶們跑得踉蹌，因爲女孩子穿著雙高跟鞋，跑起來格外吃力！

不過聖誕老人卻還忙著拿出左邊口袋的冊子，然後從那應該染滿血的布袋中，拿出個小禮物，擱在人去樓空的街頭藝人鍵盤上頭；往前幾步，再拿出另一份禮物放在街頭畫家的畫架上。

毛穎德詫異的看著，他還在發禮物啊！

「馮千靜！」毛穎德追上她，「妳看聖誕老人左手的本子，跟妳在KTV看到的是同一本嗎？」

馮千靜不解的看他一眼，再往聖誕老人的方向瞥去，此時他走近他們這邊，讓她緊張的趕緊拉開距離，但還是看見了。

「不一樣，我們看到那本是黑色的。」她畫了個方形，「框是黑色的，他現在拿的那個邊緣是紅色的。」

「好孩子跟壞孩子嗎？」毛穎德凝視著左右兩個隱藏式口袋，右邊的確有個本子的形狀，如果他手上拿的是好孩子名單，那麼……

「這是怎麼回事？那個聖誕老人爲什麼要殺我們？」女孩子完全跟不上現實，

「為什麼!?」

「因為你們是壞孩子，想想你們去年幹了什麼事！」蔡韻潔吼著，「那是都市傳說，來找壞孩子收禮物了！」

「去年？」布魯斯突然止步，「等等，你們在鬧我們的吧？」

他順道拉住自己的女友，就在這寬敞的大道停下，一旁跟著跑的眾人也跟著止步，這是怎麼回事？李青回頭看著，聖誕老人已經追上來了啊！

「跑啊！你停下來幹嘛？」

「你們夠了沒！我就知道一定是你們在搞鬼！」布魯斯氣忿的指著他們，「張庭諱的事沒完沒了啊你們！就跟你們說那是意外，我們也不願意發生那種事，喝了酒什麼都不記得了！」

「什麼？」劉思辰張大了嘴，「惡作劇嗎你們？太過分了！」

「誰跟你惡作劇啊！」夏玄允跑了上前，「我是都市傳說社的社長，那個聖誕老公公真的是都市傳說，你們這掛已經陣亡七個人了，你們是第八個跟第九個！」

「快跑啊！」郭岳洋由後撞了布魯斯一把，推著他往前。

「幹什麼！」他氣急敗壞的一回身，使勁的就對郭岳洋狠狠揮了一拳！

哇！郭岳洋整個人被向後打飛，他的臉好痛，好像碎掉的感覺……郭岳洋原本就高瘦纖細，被這麼一揮拳，滾了兩圈，狼狽的趴在地上。

嗚……他撫著右臉頰，好痛……痛死。

「郭岳洋！」夏玄允緊張的回身衝到他身邊去，但是有個人更快。

一雙皮靴停了下來，紅色的褲子顯眼異常。

「嗬嗬嗬，怎麼受傷了？」厚實的嗓音傳來，趴在地上的郭岳洋跟著一僵。

他緩緩抬首，緊張的看著就在斜前方的夏玄允……嗚，是、是聖誕老人嗎？還沒來得及說些什麼，一個力道抓住他的外套，跟拎小貓似的一骨碌把他拎了起來。

「啊……」郭岳洋慌張的揮動雙手，但是兩秒後卻被好整以暇的扶正身子站定，大大的手掌溫柔的拍著他的頭。

郭岳洋忍不住抬頭，聖誕老人正和善的瞇著雙眼，「看，這就是壞孩子應該要受到懲罰的原因。」

夏玄允屏氣凝神，他距離洋洋就只有幾步了，但是現在聖誕老人就站在那兒，害得他完全不敢輕舉妄動。

馮千靜緊急煞住，毛穎德跟著她一道捨棄直線，他們從走廊裡奔跑，試圖超前聖誕老人到前方去，看能不能救走那對小情人順便反制聖誕老人。

結果，卻看見聖誕老人拎起了郭岳洋。

「這你們安排的對吧？阿賴就跟我說過，今天是張庭諱的忌日，你們一定會變本加厲的！」劉思辰尖吼著，「都一年了你們在放不下什麼啊？我們無罪、無罪，聽不懂嗎？」

「還搞這麼大陣仗，騙我們說同學出事，還找人扮聖誕老人？」布魯斯也怒不可遏，指著蔡韻潔及李青他們，「現在連都市傳說社的人都搬出來了，喂！你們一夥的什麼意思？扯進我們的事幹嘛!?」

夏玄允哪敢吭聲啊，洋洋在聖誕老公公手上啊！

「眞是壞孩子，唉。」聖誕老人搖搖頭，「都不曉得自己做壞事了喔！」說著，輕輕推著郭岳洋的肩頭，要他往旁邊閃開一點，夏玄允見狀即刻上前一把拉走他，沒看見聖誕老人手上那柄看起來很利的刀子嗎！

「少嚇人了！你們眞是無所不用其極，不管找什麼人來嚇我們，我們都是一樣的答案！」布魯斯掄起拳頭，「張庭諱不是我們殺的！」

聖誕老人掄著刀往前，緩步的走著，低首看著那對盛氣凌人的小情人，蔡韻潔跟張秀娥她們在一旁尖叫著快跑，也只是讓他們更生氣而已。

「想看我們出醜的樣子，門都沒有！」劉思辰回以怒吼，「莫名其妙！」

「滾喔你！」布魯斯面對了聖誕老人，緊握雙拳，做出拳擊的模樣，一看就知道有在練。

馮千靜繞過柱子，不敢相信，「他們不要命了嗎？」

「是不相信！」毛穎德邊說，一邊抓起路人逃亡時剩下的桌子，「準備好，不要正面迎擊。」

馮千靜睨了他一眼，「我一向只從正面迎擊。」

「喂！」他嘖嘖稱奇，變通變通啊！

「怎麼有這樣的壞孩子！」聖誕老人望著布魯斯的眼神變了，瞥向劉思辰時，變得更加陰冷。

「唔……」她打了個寒顫，她感覺到了，這老公公好像……

「滾開！小心我打得你滿地找——」布魯斯怒吼著，朝著聖誕老人的肚子就揮出一拳！

「住手！」突然有個聲音不知從哪裡跑出來的，「他是眞的會傷害你們的，那眞的是都市傳說！」

大家不約而同的朝聲音的方向看去，那是個亂髮的男孩，渾身是血，但是唯一包紮的地方是左手小拇指！

「黃威霖！」蔡韻潔驚訝於他的出現。

布魯斯也聽到了，越過聖誕老人看見在遠處奔來的黃威霖，可他已經出拳了。

「威霖？」他愣愣的說著。

咚，一拳打在軟軟的肚子上，聖誕老人連一步都沒退後，布魯斯有些挫敗，但更大的困惑在他腦子裡，為什麼他這一拳打下去時，發出的是「噗滋」的聲音？

有什麼細小的水從拳頭旁溢了出來。

收手，布魯斯感受到自己的拳頭上一陣濕潤，鮮紅的液體染滿了他的拳頭——「這是什麼？」

餘音未落，聖誕老人手上的刀唰地就掃了過去。

這瞬間，布魯斯明白那是什麼了……鮮血噴灑而出，聖誕老人斬斷了他的手腕，腕動脈之處，鮮血根本大量噴發。

「哇呀——」現場尖叫聲此起彼落，劉思辰呆傻在原地，嚇得腳都軟了。

「啊啊啊……」布魯斯踉蹌著，他的右手抖個不停，眼睜睜看著斷口處的血不斷的噴出。

鮮血噴濺上聖誕老人的衣服，他毫不以爲意的一步往前，直接撞倒了快叫不出來的布魯斯，將染滿血的刀子對著那呆站的劉思辰。

「夏天！」毛穎德突然大吼，緊接著如箭矢般衝出，手上的桌子朝聖誕老人扔了過去！

咦？夏玄允被呼喚而嚇一大跳，看著毛穎德衝出去，跟他重疊的是——小靜！

桌子從聖誕老人右側扔去，老人家立刻擋下，以右手的刀子將桌子劈成兩半，馮千靜已衝到劉思辰後面，雙手扣住她的雙臂上緣，旋身一百八十度，將她轉身帶開。

聖誕老人往前又踏了一大步，手長腳長的他加上刀的長度，不管劉思辰或是馮千靜都還在他的攻擊範圍內！

毛穎德早先滾到一旁，然後直接踹向聖誕老人的腳跟，果然引起他一陣踉蹌，再慈藹的聖誕老人也突然斂起了笑容。

他踉蹌數步後穩住重心，瞪著剛站起的毛穎德，還有前方推著女孩奔走的馮千靜。

「不要妨礙我工作，壞孩子都要送我禮物！」他大吼出聲，迴音幾乎震耳欲聾，「平安夜只有一晚啊啊——」

旋即邁開步伐，咚咚咚的宛若地震，直接朝著馮千靜背後殺過去。

「馮千靜！」毛穎德立刻大吼，跟著聖誕老人同步往前衝，但是腳的長度差太多了，聖誕老人認真起來他根本追不上！

聽見叫喊的馮千靜立即回首，看著聖誕老人近在眼前，她慌張梭巡夏玄允的方向，他跟郭岳洋果然聽得懂他們的意思，已經從左方的走廊裡先偷跑，現在跑到她們前面了。

所以她毫不猶豫的轉身向左，閃進走廊裡，任聖誕老人直接衝向了尖叫狂奔中的劉思辰。

「劉思辰！」聖誕老人高高舉起刀子，突然恢復輕快的聲音，「把妳的肚子送給我吧！」

整條走廊上都有柱子，馮千靜朝著斜前方四十五度的柱子奔去，隻腳踩跳上去，身子跟著往上抬，再使勁往上一躍，同時聖誕老人從她身側抵達，因著要砍殺女孩而緩下了腳步。

「夏玄允！」她大喝一聲，一扭身，纏上了聖誕老人的身體！

那是華麗的格鬥招式啊！郭岳洋在使勁推夏玄允出去後，驚喜的看著那一幕，小靜由側邊跳上聖誕老人的背後，雙腳夾住他粗肥的頸子，身體再向後下腰，希望把聖誕老人往地上拉去。

聖誕老人瞪大雙眼，身體被馮千靜帶著向後仰，同時刀勢也向後了幾吋。而左邊突然被推出的夏玄允是直接撲向劉思辰，他直接一路向右的推開女孩，長長的頭髮飄揚著，劉思辰措手不及的尖叫，被夏玄允撲倒後往右邊滾地，越滾越遠。

往右又往前的劉思辰，以及被馮千靜牽制向後移動的刀勢，讓刀子最終只砍到了那紫色的長髮。

「啊啊啊——」聖誕老人發出怒吼聲。

馮千靜沒能將聖誕老人放倒，只能疾速的鬆開雙腳，向後翻身落地，聖誕老人怒不可遏的揮刀回頭，追上的毛穎德自右側使勁撞開聖誕老人，同時朝馮千靜伸出手，一握住就把她往右邊遠方甩去。

緊追不捨的黃威霖及時上前拉起劉思辰，夏玄允也跟著慌亂起身，他們不能停留，沒命的往前奔，他們來到下一個路口，直接向右轉去，奔向眼前的輕軌站。

毛穎德護著馮千靜跌入右側的走廊，聖誕老人則同步跌進左邊的廊下後，卻飛快躍起，氣急敗壞的望著消失的女孩背影，再看著地面的紫色長髮，最終轉向了馮千靜與毛穎德。

「我在收禮物！」他一字一字的強調，「你們要當壞孩子嗎？」

其他分散在周圍的人們，誰也不敢吭聲，聖誕老人的笑容全消失了，那份和藹、那慈祥的面容無影無蹤，只剩下漲紅的臉跟渾身強烈的殺氣。

他放下刀子，彎身拾起紫色長髮，銳利的眼睛向馮千靜這邊瞪過來。

「還有好多禮物要收要送！你們這些人都不懂我們的辛苦！」聖誕老人旋過身子，往回走去……

每一步伐都踏得又重又氣，誰都可以看出那肥胖身軀下緊繃著的背影，蔡韻潔已經打電話叫救護車了，儘管布魯斯已經倒臥在血泊中，動脈的失血只需要一分多鐘，根本來不及。

聖誕老人走到砍下的拳頭邊，拾起那死緊的拳頭，扔進他的布袋裡，再俐落甩上肩，一步步回身朝著那棵聖誕樹走去。

毛穎德跟馮千靜開始示意大家潛進走廊裡，小心的放輕步伐，到輕軌站會合；所有人依言進行，每個人都默默的退進走廊間，聖誕老人沒有再回頭，而是穩穩的朝著中央廣場去。

「不要動！」遠遠的，警察們紛紛趕到，擎起槍對著中央廣場上的聖誕老人。緊接著是慘叫聲與槍聲大作，沒有人有心情回去看熱鬧，大家只知道拔腿狂奔，離那個聖誕老人越遠越好

鐺——中央廣場牆上的鐘，響起了聖誕快樂，每一個鐘聲敲響心中的驚嚇，三點整。

距離平安夜結束，還有兩個小時。

第六章 一年前

一年前的耶誕夜，原本是開心喜悅的，每個人都在期待這個晚上的到來，女孩子們無不精心打扮，男孩子也讓自己呈現完美，因為之前幾次聯誼跟吃飯，都有了心儀的對象。

統計與化學這一年是友系，大家一起出去玩也迎新過，處得相當融洽，漸漸形成一個個小團體，化學系這邊以阿賴跟志清為首，統計系以李青跟張庭諱為首，大家假日會一起出去玩，晚上還會一起揪去吃飯。

聖誕夜一起歡唱是阿賴提的點子，大家立刻在LINE群組附議。

晚餐時狀況都很正常，進了包廂一開始也都沒事，大家吵吵鬧鬧，或唱歌或聊天還有伴舞的，玩得樂不可支，但是當阿賴他們叫酒後，情況就開始有些微的轉變。

蔡韻潔是很漂亮的女生，這是兩個系都公認的，才入學情書收不完，不管同學學長學弟無人不想辦法一親芳澤，不過她對此似乎都興趣缺缺，幾乎都是婉拒。

她覺得才剛上大學以唸書為重，沒有心情談戀愛，大家都是好朋友，也沒有必要一定要再往下走；所以她一視同仁的繼續當朋友，但是跟李青及張庭諱這掛特別要好……尤其是張庭諱，他們甚至剛好住在同一層，每天幾乎一起出入。

阿賴跟志清追得勤，讓蔡韻潔有點心煩，後來張庭諱擋下，甚至與蔡韻潔更加形影不離，這便是導火線。

那天晚上酒喝得有點多就算了，不知道什麼時候開始，從廁所裡飄出了惡臭。

「搞什麼啊？這什麼味道？」先發現的是張秀娥，她要去廁所時，聞到裡面殘餘的味道。

「激動什麼！要不要試試？」阿賴自然的拿出一根煙。

張秀娥疑惑的拿起來反覆看著，「我不抽煙的。」

「抽一口，包準妳HIGH翻天！」志清笑著說，硬把菸塞給她。

這時蔡韻潔才發現好幾個人又唱又跳幾乎瘋狂，李青立刻起身往凌亂的桌上查看，發現除了飲料跟食物外，居然還多了不明的白色粉末！

「幹！你們拉K喔！」李青二話不說抽起張秀娥手上的煙，朝阿賴扔去，「吸什麼毒啦！」

「厚，不要掃興好不好，這不會有什麼大事的，難得狂歡，吸一口而已！」志清笑得合不攏嘴，眼神也在迷濛，「不敢用鼻子吸就抽一根吧，K菸效果一樣好！」

「有沒有搞錯!你們怎麼會吸毒!」張庭諱受不了站起身，開始檢視到底還有幾個正常的，「我們要走了!」

蔡韻潔跟著站起，但這卻讓阿賴用力一擊桌子，不爽的站起來。

「幹什麼幹什麼!拉K有什麼大不了的!又不是海洛因!難得大家開心，就吸一點點助興嘛!」阿賴不爽的瞪著張庭諱，「了不起喔!好學生喔，你們班不知道多少人都在吸你不知道而已!」

「那也是他們的事，我們不碰毒品。」張庭諱邊說邊回頭，低聲對著蔡韻潔說話。

包廂太吵，說什麼聽不見，蔡韻潔只是點頭後抓起外套，就要跟著張庭諱離開。

「凍A!做人不要太囂張啊，張庭諱!」換志清咆哮了，「你要走自己走，幹嘛帶蔡韻潔走?」

「我才不想留下來咧。」蔡韻潔嫌惡的說著。

「靠，這麼有個性!」阿賴笑了起來，「我就喜歡妳這樣，蔡韻潔，我喜歡妳耶!」

莫名其妙的，阿賴告白了。

拿著麥克風的還在尖吼，他們已經進入自己的世界，根本不管外界的狀況，顧著嘶吼高唱，在沙發上跳啊跳的。

下一秒，阿賴右臉頰挨了一記拳頭，志清打的。

「馬的，我先喜歡她的！」

阿賴被打趴在桌上，弄掉一大堆食物跟飲料，但是他一點兒也不覺得痛，恍惚的呵呵笑著；而志清呢，搖搖晃晃的居然就朝著蔡韻潔走去。

「喂！」張庭諱立刻閃身擋到她面前，「你們清醒後再說吧，看到你們這副模樣，哪個女生會喜歡啦！」

「滾開喔！」志清不爽的瞪著張庭諱，「你阻礙夠了沒啊！一天到晚黏在蔡韻潔身邊，有完沒完啊，想搞個什麼近水樓月先得台是吧！」

「哈哈哈，是近水樓台先得月啦！」後面的男孩哈哈大笑，看來也不正常了。

蔡韻潔厭惡的拉拉張庭諱，「我們走。」

跟著，李青吆喝了張秀娥跟小米等人，要走大家一起走，這環境又煙又酒又毒品，誰待得下去！誰知道等等會發生什麼事？

只是這一動，火就燒起來了。

「誰都不許走！」阿賴穩住身子就是一陣咆哮，「馬的，誰走就是不夠意思，我就揍誰！」

張庭諱不耐煩的深吸了一口氣，旋身護著蔡韻潔，直接就往門口去。

「馬的張庭諱，我忍你很久了！」阿賴抓起桌上的瓶子，狠狠的就往張庭諱身後扔去。

事情一發不可收拾。

瓶子打上了張庭諱的頭，他一陣天旋地轉之際，志清就衝上去了，跟著不知道怎麼回事，剛剛在唱歌的、嘻鬧的，突然像發狂似的尖笑，高喊著打給他死、打給他死！

其餘正常的嚇得動彈不得，不知道如何是好！

李青跟張秀娥他們立刻勸架，可能有幾個人嘗試的拉開同學，但是一點用處都沒有，阿賴他們的力氣超大，而且完全失控的從包廂裡、打到包廂外。

最後他們被趕到了門口，好幾個同學嚇得先走了，剩下打架的這票，大家還在門口繼續爭執，拉K的眼神都呈現一股凶惡與不正常，在眼底找不到人性，平常在打拳擊的布魯斯雙拳始終緊握，好多人都被他打傷打腫，他出拳太有力。

大家在大街上咆哮著，一時間有五六個男孩向蔡韻潔、張秀娥跟其他女生告白，卻沒有一個是清醒的，也順便臭罵了張庭諱一頓，他們一致認爲，是張庭諱阻止他們跟蔡韻潔接近。

最後ＫＴＶ的員工說他們再不離開，就要報警說他們聚眾滋事，對他們都不好，在小和的勸解下，兩派人馬拉開，聖誕夜就此畫下句點，各自回家。

但是他們還沒有付帳，服務人員盯著他們不放，張庭諱決定先墊這筆錢，等大家都清醒了再來算這筆帳；於是他請李青跟其他同學送女生回去，他不但要去付帳，還得跟店家道歉。

不過毒品的事，他還在想該怎麼瞞，那令人作嘔的惡臭，一進去就聞到了。

「然後我們就分開了，沒想到是最後一面。」蔡韻潔幽幽的說著，「隔天上午，張庭諱就被發現死在旁邊的小巷裡。」

大家幾經折騰，坐上輕軌後只坐一站，又在夏玄允的聯繫下回到了原來這兒，他們避開了中央廣場，來到隔壁的百貨公司，那邊也有寬廣大道，就在中央廣場隔壁區塊，但靜謐很多。

因為警力都集中在以中央廣場為主的範圍，沒人留意這邊。

夏玄允認為還是待在這裡最安全，一來地廣；二來這邊結構簡單，都是兩棟百貨面對面，中間一條大路，簡單來說都是通路，兩條走廊夾著露天大道，沒有建築物遮蔽視線，萬一聖誕老公公要來大家都有機會跑；三，是最重要的一點：

聖誕老公公可能不會再回來。

因為十三個壞孩子中，這裡剩下黃威霖及劉思辰，黃威霖已被懲罰，剩下劉思辰一人，但他還有好幾個人需要解決，耗費在這裡的可能性不大。

「後來的事我們都不知道。」李青看向黃威霖跟哭個不停的劉思辰，「要問他們了。」

「我、我不記得！」劉思辰抽抽噎噎，「那天晚上我也、我也……」

「她也吸毒了，神智不清。」張秀娥補充說明，「把我的衣服扯得亂七八糟，我還被她抓傷。」

劉思辰咬著唇，一臉無辜，她對那天晚上的事是真的不記得，根本一片空白。

「布魯斯他怎麼樣了……嗚，那個、那個聖誕老人為什麼要這麼做？」從離開電影院開始，她面對的就是驚恐與逃命，根本沒人跟她清楚的解釋。

夏玄允有點厭了，他在輕軌上跟她說過，但是很明顯的這個彩虹頭的女孩子根本不信「都市傳說」啊！

「我做了紀錄，你們看。」郭岳洋把那張快爛掉的傳單拿出來，「目前已知受傷跟死亡的就這些，還有現在在場的劉思辰跟黃威霖……」

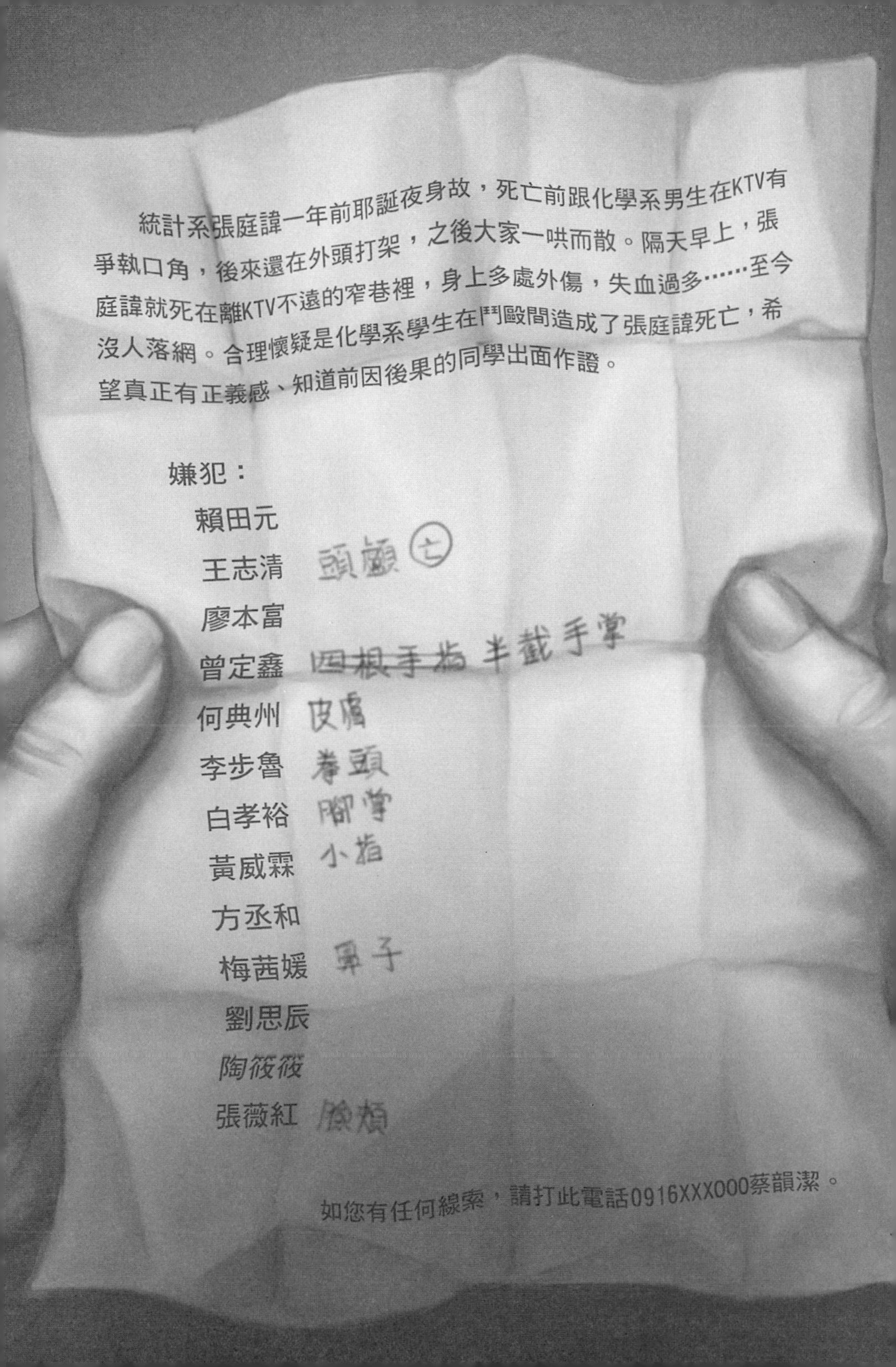

統計系張庭諱一年前耶誕夜身故，死亡前跟化學系男生在KTV有爭執口角，後來還在外頭打架，之後大家一哄而散。隔天早上，張庭諱就死在離KTV不遠的窄巷裡，身上多處外傷，失血過多……至今沒人落網。合理懷疑是化學系學生在鬥毆間造成了張庭諱死亡，希望真正有正義感、知道前因後果的同學出面作證。

嫌犯：

賴田元
王志清　頭顱 ㊦
廖本富
曾定鑫　~~四根手指~~ 半截手掌
何典州　皮膚
李步魯　拳頭
白孝裕　腳掌
黃威霖　小指
方丞和
梅茜媛　鼻子
劉思辰
陶筱筱
張薇紅　臉頰

如您有任何線索，請打此電話0916XXX000蔡韻潔。

接著，大家一起往黃威霖那邊看去。

他的小指包紮妥當，一臉疲態的靠在柱子邊，「有人有帶水嗎？我想喝水。」

「啊！我有！」郭岳洋立刻卸下背包，馮千靜看得眞驚奇，他還眞的什麼都有帶耶！

「按照名單剩下四個，阿賴、紅桃、廖本富跟小和。」夏玄允一一唸著上面的名字，「有誰知道他們現在在哪裡嗎？」

「沒回。」李青望著手機，「搞不好都把我們封鎖了。」

「我有發在他們ＦＢ跟朋友的ＦＢ上，應該會有人轉告，不是又吸毒吸茫了，就是沒有看。」蔡韻潔不停望著手機，多希望有人能有反應。

「說了也不會信吧！」小米中肯的說，「劉思辰差點死掉，也都沒在信了。」

劉思辰還在哭，她至今不敢相信剛剛發生的事情，還有她男友的凶多吉少。「早、早知道就不要理你們了！我們好好的看電影不就沒事了，為什麼要、要……」

「如果你們還在看電影，聖誕老公公說不定會直接殺進電影院找你們，這樣有可能會傷及無辜的人，還是不要好了。」夏玄允說得很認眞，「聖誕老公公要的禮物，他就一定要收到！」

「剛剛聖誕老人也喊了妳的名字對吧？」馮千靜在意的是這點，「他要妳的什麼？」

咦？劉思辰一怔，潛意識把手放在肚子上。

「肚子嗎？」毛穎德皺起眉，「是要怎麼拿？剖開來？還是挖掉整個肚子？」

「噫——」她嚇得驚叫，還是張秀娥跟小米上前安撫。

「美其名說拿一下東西，但是就拿的東西而言，還是會決定生死啊……」夏玄允看著郭岳洋做的紀錄，「布魯斯是拳頭，聖誕老公公是只要拳頭沒有錯，但是砍斷手腕，腕動脈噴血的速度等於要他的命啊！」

「那個何典州不是更慘？」郭岳洋同時皺起眉，「被火燒成那樣的奪走皮膚……」

「什麼？」黃威霖詫異的接口，「你剛說何典州？被火燒？」

連劉思辰都停下低泣，不可思議的看著他們，「什麼時候的事？」

夏玄允嘆口氣，「跟你們約見面的同時，他們去找何典州跟曾定鑫，想把他們帶走，因爲怕聖誕老公公去找他們。」

「人是找到了，但是聖誕老人很執著，我們在他們工作的廚房裡發生爭執，事情發生得太快，我們也無能爲力。」毛穎德簡單交代著，「何典州全身被火焚，不嚴重，但是聖誕老人說要奪走的是他的皮膚，至少二度燒傷吧；曾定鑫的話，原本是要削掉他的掌心連同五根指頭，但角度的原因只削斷四根手指而已。」

劉思辰簡直快站不住了，雙腳一軟向後倒去，李青趕緊上前拉住她。

黃威霖臉色慘白的皺起眉，望著自己的小指，嚴格說起來，聖誕老人只奪走一小截而已。

「原來是這樣嗎！」他喃喃說著，「眞的跟張庭諱有關……」

現場，只剩下他確切知道之前的事了。

「一年前究竟怎麼回事？還不能說嗎？」蔡韻潔立刻逼問起他來，「現在都已經發生這種事，連聖誕老人都看不下去，你們還要瞞？」

「沒有人瞞，我們說的都是實話，就只是群架。」黃威霖誠懇的回應著，「布魯斯是拳擊手，他曾朝張庭諱出拳、曾定鑫則是用掌心推打他的下顎、何典州……何典州我忘了他做了什麼……但是跟我一起在包廂被砍斷腳掌的痞子白，他當時不停的踹已經倒在地上的張庭諱。」

「用什麼打人，聖誕老人就取走肇事的『凶器』嗎？」馮千靜仔細想了一下，「很合理。」

「哪裡合理了，那個聖誕老人是誰啊？他憑什麼管我們的事！」劉思辰尖吼著，怒極攻心。

「都市傳說不必憑什麼，單憑他是都市傳說就夠了喔！」夏玄允嚴止的對劉思辰說，「這個都市傳說的聖誕老公公就是會找壞孩子要禮物，不論手段——」

「那爲什麼找上我們？」黃威霖嚥了口口水，「世界上這麼多人，做過比我們更傷天害理的事，爲什麼針對我們？他認識張庭諱嗎？」

「天曉得啊！」夏玄允聳了聳肩，「重點是要怎麼停止這一切。」

「勿以惡小而爲之沒聽過嗎？惡行還能比大小？不過我不覺得是針對你們，聖誕老人手上壞孩子的名單非常長。」馮千靜正在回想KTV的一切，「手掌大小的紙張，折疊成小冊子模樣的，一鬆開垂到地下超長一條。」

「我有看見，你們的名字只是在中間一小部分而已，聖誕老公公很忙的！」郭岳洋才是瞧得最清楚的那個，「我們要想的是，該怎麼樣讓聖誕老公公停止這一切。」

「我們無罪！」劉思辰激動的嚷著。

「聖誕老公公不是法官，他不管你們有罪無罪，都市傳說說的是壞、孩、子。」夏玄允一字一字的說著，他突然間不喜歡劉思辰的態度。

蔡韻潔冷冷的看著臉色蒼白的劉思辰，李青也眉頭深鎖，的確，會遇到都市傳說是始料未及，但是聖誕老人針對張庭諱的事做這樣懲處，他們並沒有多高興。

「我只是想知道是誰殺了張庭諱而已。」蔡韻潔輕聲的說，「不管是劉思辰、阿賴或是誰，我都覺得沒有必要這樣傷害他們。」

剛剛那片鮮血飛濺多麼怵目驚心啊！一個跟他們同年的大學生，右手轉眼握著拳被斬斷，鮮血眞的是噴湧而出，速度快到每個人都無法反應之前，他就倒了下去。

至於毛穎德說的被火焚燒的何典州，想到一個人身上渾身著火，還有未來失去皮膚的人生，該怎麼過。

「這個處分，太重了。」連李青也忍不住搔著頭，「嘿，都市傳說社的，有沒有辦法阻止都市傳說啊？」

夏玄允跟郭岳洋飛快的搖頭，「怎麼可能啊，他們是都市傳說啊！」

「可以從邏輯中破解，不要成爲聖誕老人的目標就好了。」毛穎德剛剛已經思考過了，「只有壞孩子會被懲處，所以就當個好孩子吧。」

馮千靜輕輕揚起微笑，她也是這麼想。

「怎麼當……好孩子？」黃威霖愣愣的說。

「自首。」馮千靜站出走廊下的陰影，「去警局自首，詳實的說明去年的事。」

黃威霖翻了個白眼，痛苦的抱頭低吼，「去你媽的自首，我們沒人殺了張庭諱！」

「他死了！」蔡韻潔也突然怒火中燒，「被你們打得遍體鱗傷，倒在寒冬的巷子裡！」

「他是失血過多死的！我們沒有人造成致命傷啊！」黃威霖上前跟她理論，「拳打腳踢沒錯，但我們沒人帶刀帶利器，他是怎麼失血過多？」

「一定有人下了重手，你們在互相隱瞞！」蔡韻潔完全不相信，「你們無罪是證據不足，不是沒有幹！」

「我就沒有幹！我拼了命的拉開阿賴，我幾次還被布魯斯揮拳打到，就是不讓他們再失控！」黃威霖一股腦兒的也開始發洩，「我被阿賴他們視為叛徒，說我兄弟有難不合群，然後又被你們騷擾了一年，跑法院、被人指指點點，跟犯人一樣！我幹他媽的做了什麼，變得裡外不是人！」

累積一年來的怒氣在此時此刻宣洩而出，黃威霖的吼聲在寂靜的夜裡迴響著。

「所以，你沒事啊。」柔柔的聲音來自於郭岳洋。

「什麼？」黃威霖緊繃著身子，看著走上前的郭岳洋。

郭岳洋溫和的拉過他那隻受傷的手，輕輕的包住他的小指，「所以你只被帶走小指頭一個指節，因為連聖誕老公公都知道你雖有錯，但你很努力的把錯誤降到最低……」

別人不知道，可是聖誕老人卻知道了。

「眞是個算得清清楚楚的人。」馮千靜有點佩服，「賞罰分明，一點兒都不馬虎。」

毛穎德不禁皺眉，「可以這樣說嗎？」

「總比亂寵好啊，例如全世界的小孩都可以在耶誕節得到禮物，那多不公平啊！」馮千靜噘起嘴，「啊霸凌人跟對父母大小聲的也可以喔？」

「現在是人命的事。」他沒好氣的望著她。

馮千靜當然明白，她只是單純就聖誕老人這個都市傳說來說，眞的是個非常有原則的人啊！

「阿賴他們在哪裡？」李青把事情拉到正軌，「聖誕老人一定會去找他們的。」

「他們休學後我就沒跟他們聯繫了，唯一還有在聯繫的就是志清……但是……」黃威霖闔上雙眼，都可以看見志清活活被聖誕老人鋸斷頭顱的景象。

「小和他去山上了。」劉思辰虛弱開口，「他說想要去看星星，到山上去住個兩天一夜……」

「山上的就沒辦法了，只能救山下的。」毛穎德沉穩的發號施令，「黃威霖，你看還有誰跟阿賴會有聯繫，或是你親自LINE他，務必要知道他在哪裡；劉思辰，這個叫紅桃的是女生吧？妳應該聯絡得上吧？」

劉思辰咬著唇，不太情願的點頭。

「平安夜很短，聖誕老人有任務在身，他一定會拼命的把任務完成的。」毛穎德一邊說，卻一邊移動，「快點動起來，越快越好，想盡各種方式。」

馮千靜狐疑的看著他的行動，「喂。」

毛穎德回頭示意她跟上，同時路過夏玄允身邊時輕聲的說著，「我們等等就回來。」

「咦？你們要去哪裡？」

「找個東西。」毛穎德拍拍夏玄允的肩，立刻跟馮千靜往中央廣場的方向去。

「怎麼回事？那邊現在可都是警察。」馮千靜皺眉，「我們要是進去做筆錄又是天亮才能出來了。」

「這麼大的事，章警官會在吧？」毛穎德自然的說著，「我覺得張庭諱的事可以問得再清楚一點。」

「哦……」馮千靜無奈的笑笑，「這樣我們也得順便解釋一些事情了。」

「幾句話而已，不進去都好。」毛穎德一邊說，一邊遲疑，「那……我不知道妳有沒有注意到，聖誕老人對我們不是很滿意！」

「我也沒對他滿意啊！」是怎樣？要比不爽喔？

「我不是這個意思！」毛穎德嘖了一聲，「妳說不定已經歸爲壞孩子了，妳自己要注意。」

馮千靜挑高了眉，內心是萬分不爽，怒火翻騰，面對一個隨便拿刀傷人的都市傳說，實在沒什麼好說的。

「只能以不變應萬變了！他不能說亂來就亂來吧？」

「都市傳說妳還不瞭？」他們進入中央廣場區，果然全都是警察，「章警官來了。」

根本他們一出現，章警官就看見了，他先是站在原地內心嘆息，接著向下屬示意他來處理，其他人有很多目擊者得問。

「不要說話。」馮千靜還沒打招呼，章警官打直手臂，凝重的闔眼，「千靜，妳這樣我眞的很難跟妳爸交代。」

「我這不是沒事嗎！」她雙手插入口袋，轉了個圈，「瞧，毫髮無傷！」

咦？手擱在口袋的馮千靜微怔，奇怪，她低首看向口袋裡多出來的東西，抽出一張紙卡，她有點困惑。

「妳一直跟命案發生關係，就算不受傷，也表示……」章警官是爸爸的同學，打從馮千靜一入A大開始，他就備受重託，無論如何要盯緊馮千靜的一舉一動。

因爲格鬥者最重要的資產便是身體，馮父就怕馮千靜身體受損影響比賽，當初可是約法三章，主業永遠是格鬥，學生是副業，她保證不影響職涯才讓她去唸大學的。

結果從入學開始，簡直是一而再再而三的被捲進事端，而且章警官協助馮千靜隱瞞了八成，什麼「都市傳說」的事情一個字都沒提，否則馮千靜一定被勒令休學的。

「這次不是我，眞的！」馮千靜說得很實在，只是沒提剛剛她被聖誕老人瞪了，「一年前張庭諱的事情在今年發酵，聖誕老人正在找涉案的學生收禮物。」

章警官眉一皺，「在說什麼？」

「少來了叔叔，這你轄區，一晚上連續發生這麼多事，你不可能不知道他們的關聯。」馮千靜難得撒嬌，「全部我們學校的，全部化學系，全部還跟去年聖誕夜的學生死亡案有關？」

章警官無奈仰首向天，重重嘆氣，「你們認識那個聖誕老人？」

「您不愛聽，但就是都市傳說。」毛穎德也懶得拐彎抹角了，「平安夜會有個特別的聖誕老人，不只送禮物給乖孩子，也會懲罰今年的壞孩子，從他們身上取走一樣東西當禮物。」

聽見「都市傳說」這四個字，章警官都會暗自在心中狠狠倒抽一口氣，因爲「都市傳說」跟「懸案」及「死傷慘重」幾乎是畫上等號的。

「取走東西，就是砍殺他們嗎？」章警官問著，得到兩個學生同時點頭，「所以現在你們是在？阻止聖誕老人？」

「難道我們會助紂爲虐嗎？」馮千靜圓了眼一臉無辜，「章叔叔，張庭諱的事我們不熟，可以透露一點嗎？凶手到底是誰？」

「不知道。」章警官回答迅速，「不是瞞妳，是眞的找不出來，他死因是失血過多，身上也有許多傷口，但沒有一個傷口足以造成失血。」

「阿賴？還是志清？或是布魯斯，聽說他拳擊很強？」毛穎德試探的問，恰好看見一旁屍體上擔架，布魯斯被扛了上去。

馮千靜跟著回頭，再趕緊看向章警官，他搖搖頭，「那個才叫失血過多。」

他轉向前方的大道，這麼遠望過去，還是可以瞧見路中央一大灘血。

「張庭諱身上有銼傷、體內骨折、頭部跟四肢都有撕裂傷，最小的是腳指頭上的穿刺傷，最大的是額頭的撕裂傷，但是這些都不足以造成失血過多，而且驗屍報告確定血小板功能是正常的，傷口在他死前已有凝結現象。」章警官幽幽的說，「但是他體內幾乎沒有血，流乾了，這證據完全不合。」

「流乾了？」馮千靜有點不解，「既然沒有足以流乾血的傷口，那怎麼會？」

「所以張庭諱的同學才不情願啊，他們認爲是眾多傷口的加總，或許額上撕裂流了一部分、大腿的撕裂傷也流了一部分，還陳屍在水溝蓋邊，血可能都流進去，現場沒有留下跡証。」

章警官看向布魯斯留下的一片殘紅，如果像那樣的話，事情就好辦得多。

「有可能嗎？」毛穎德好奇的問，「事實上不一定單一傷口大量失血，如果慢速徹夜的話，這的確難說？」

「法醫覺得不可能。血就算流乾也不可能沒有痕跡！」章警官正首，「所以那些打架的孩子才會被判無罪，連過失殺人都不成立。」

「不過聖誕老人知道，或許他也不管。」馮千靜喃喃說著，「只要一年前有牽涉到張庭諱的命案，就是要處罰。」

章警官在心裡細細數算，「剩幾個孩子而已了。」

「嗯，依照蔡韻潔列的十三人，現在剩下四個……啊，叔叔知道阿賴在哪裡嗎？他有毒品列管吧？」馮千靜突然想到這關鍵，一雙眼閃閃發光。

阿賴嗎？列管的可不只他，「你們認為他也有危險？」

「你說呢？」馮千靜歪了頭，「已經九個人了。」

章警官沉吟著，「劉思辰呢？」

「目前平安，我們顧著……我們是指我們還有統計系的學生。」毛穎德補充說明。

章警官明顯的聽見統計系三個字時有點驚訝，但轉念一想這也不是什麼深仇大恨，那幾個孩子他都見過，無非就是想要一個實情罷了。

「我如果找到會加強警力。」章警官只能這麼做，「妳知道我不能把位子告訴妳。」

噢，馮千靜難掩失望，但也不想為難章警官，「好！謝謝！」

「我需要問你們什麼嗎？」他挑眉。

「這邊的目擊者說的就足夠了，跟我們看見的一樣。」毛穎德接口迅速，「就醬子了，我們不能離開太久。」

章警官默默點頭，揮手叫他們快點走，原本還想叫馮千靜快點回學校，但這種情況一定是不可能了。

唉，老馮啊，你自己的女兒個性還不瞭解嗎？練習格鬥的孩子，都有股路見不平的正氣啊！

以己所學，幫助他人，這也是老馮你年輕時的態度啊！

第七章
收禮名單

馮千靜旋身原本要回西北方的大道去，卻突然被毛穎德一拉，默默的進入現在命案範圍的右側走廊下，他們剛剛還在這條廊裡奔跑，一邊盯著聖誕老人的走向邊往前狂奔的。

「我們幹嘛從這邊？」她有點好奇，「中間跟隔壁沒有通耶，我們得走到底再繞過去，多一倍距離好嗎？」

「多走幾步路累了？」他挑眉。

「這幾步累什麼累啦！問題是幹嘛多此一舉？」她可覺得怪了，「要是聖誕老人突然又跑去追殺劉思辰，我怕他們擋不下。」

「妳擋不了全世界的。」這句話他由衷的說。

「不需要，我只要擋下我眼前的敵人就可以了。」她說著，一雙眼熠熠有光的直視著前方。

是是，眞是個人生處處是擂台的女人。

總覺得聖誕老人好像挑起她的鬥志，一心想要撂倒他似的。

「記得剛剛在這裡時，我拉住妳問了本子的事？」他一邊低語，一邊跟馮千靜交換走路位子，改成他靠右側，也就是靠近櫥窗位置行走。

馮千靜點點頭，「紅色框跟黑色框的本子？」

「對，我想知道，壞孩子是怎麼認定的。」毛穎德略微蹙眉，緩下腳步，好像在找路似的左顧右盼。

這一整排都是百貨公司的櫥窗，到了夜晚依然燈火通明，櫥窗裡都是各家店的吸睛產品，當然也絕對是應景的耶誕裝飾；除了店家自己櫥窗內的佈置外，百貨公司自己也有許多小心意在外頭，例如外牆、櫥窗旁的小架子，放滿保麗龍包裝禮盒，或是小小聖誕樹。

聖誕彩球更是到處都是，一直線從頭到尾，橫在各櫥窗的上方。

「啊……這裡嗎？」只見毛穎德喃喃自語，在某個對外的架子上翻找，這架子是賣香水的，假的香水瓶繫上紅綠的蝴蝶結，一旁還有聖誕小禮盒跟迷你雪橇裝飾品。

只見他一個個拿起來，再擺回去，續往前行。

「你在幹嘛？」馮千靜丈二金剛摸不著頭腦。

「等等妳就知道了，剛剛真的太趕了……沒記清楚。」毛穎德抱怨著，走到下個櫥窗。

這個櫥窗裡有尊等人高的聖誕老人假人，下頭是幾個兒童版的假人模特兒拉著聖誕老人要禮物，童裝櫥窗，非常可愛。

外頭櫥窗的牆邊架子上的裝飾，便是孩子們喜歡的假棒棒糖、Q版麋鹿還有幾個特別閃亮亮的保麗龍禮物盒。

只見毛穎德往上層一摸，突然在兩個禮物盒間，摸出了一個黑色框的本子。

馮千靜簡直目瞪口呆，黑色的框，加上有些揉爛的紙張，上頭血跡斑斑，不由分說，這根本就是——「你哪裡來的？」

「妳剛跳上聖誕老人身體時，我不是衝撞他嗎，那時從他口袋摸的。」毛穎德有點遲疑，直接碰觸這筆記本不知道會發生什麼事。

見方的本子，看得出來翻閱過很多次，紙張都有揉的痕跡，最令人怵目驚心的是上面的血跡，幾要染紅紙張了。

「你什時候學當扒手了？」馮千靜驚呼出聲。

「我哪是扒啊，我是搶，光明正大的從他口袋裡抽出來的，只是那時候他根本不可能注意這麼多。」又推撞又被人阻止取走劉思辰的肚子時，哪能留意這麼多！

「還光明正大的咧！」馮千靜邊說，一邊湊過去看，「上面眞的記載了……嗯。」

連本子都有濃厚的血腥味，整本每一頁都是，看來聖誕老人的記性不太好，每殺一個就查看似的，每一頁每一處都是血痕。

好處是連翻都不必翻，毛穎德拿到手那一面，就有布魯斯的名字。

「張庭諱壞孩子名單，一共……」毛穎德深怕自己看錯了，因爲數字上有沱血跡，得轉過身去，對著櫥窗裡的燈光看，「十六位？」

「十六!?」馮千靜也驚愕，「不是才十三個嗎？哪來十六位？」

「跑出這麼多，難道有我們不知道的——」下一秒，兩個人異口同聲，「眞凶！」

毛穎德飛快的往前翻閱，查看壞孩子名單，聖誕老人寫的間隔很大，而且人名是跳躍的，並非按照順序，畢竟世界上不只這幾個壞孩子，遇到就先解決……何典州、曾定鑫、黃威霖、志清……劉思辰……再翻到下下一頁。

「阿賴、紅桃……」

兩個人幾乎頭都要貼在一起了，努力辨識凌亂的字跡與被血覆蓋的地方，然後很奇怪的，馮千靜有種不只他們在看紙本的感覺。

因爲隔著一扇玻璃，有顆頭也貼在玻璃窗前，跟他們一起窺視這本本子。

馮千靜沒敢抬頭，只是悄悄揚睫，屏氣凝神的看著近在咫尺的臉龐，毛穎德也感受到了，他向左邊微轉五度角，眼前十公分之處，玻璃櫥窗裡的聖誕老人，

正彎身與他們一般高，衝著他們咧嘴而笑。

「需要我幫忙嗎？」

「哇啊！」毛穎德大跳向後，馮千靜也急速的向後逃，此時此刻，聖誕老人直接衝破櫥窗衝出來了！

有沒有搞錯啊!?他為什麼會在那裡面!?這個櫥窗裡的聖誕老人原本就存在的不是嗎!?

雖然慌張踉蹌，但是他們兩個原本就比一般人敏捷，一個是格鬥家、一個是運動長才，不至於上演逃命還摔倒的戲碼；櫥窗一破，警鈴即刻大作，遠處聖誕樹那邊的警察們全數聽見了。

「你們居然敢偷我的東西，眞是個壞孩子！不乖，太壞了！」聖誕老人步出廊下，左手正拖著他那沉甸甸的大布袋，「就拿你們的手吧！」

「還給你！」毛穎德把本子往他的左側扔去，聖誕老人倒是不急著撿，而是從布袋裡拿出了一把斧頭。

這也太有戲了吧？剁手就要用斧頭是嗎？馮千靜跟毛穎德雙雙退到了左邊的走廊裡，看著揚起斧頭的聖誕老人。

「又多了兩個壞孩子，多兩雙手我也無所謂！」一瞬間，慈祥的臉變得猙獰駭人，聖誕老人滿佈著殺氣朝他們衝了過來。

分開！馮千靜跟毛穎德同時間分往左右兩邊跑，遠處的警察們已經奔至，吆喝聲與哨聲不斷，聖誕老人沒遲疑的朝兩邊張望後，決定放棄往警方跑的毛穎德，轉而追向馮千靜。

背對著跑離敵人這種事實在有夠窩囊的！馮千靜邊跑一邊看著火速的聖誕老人，一步是她的兩、三步，這種跑法根本是背對敵人等死，那柄斧頭插上她的背時，搞不好她都不知道發生了什麼事！

思及此，馮千靜戛然止步，她自走廊裡迴身繞出大道，就站在大道中央，正式面對著聖誕老人。

聖誕老人依然是扭曲著五官的凶殘模樣，面對她的眼神殘虐，緊握著斧頭的手透露出不只想剁下她的手，還想大卸八塊似的。

跟都市傳說不能講道理，他不是鬼，也不是針對張庭諱復仇，他只是要給壞孩子處罰而已，說不定他們有他們的世界，在這個平安夜，這位聖誕老人就是必須懲罰壞孩子，帶著壞孩子送的禮回去交差。

沒有對錯，只要求生與阻止。

「眞是有勇氣的孩子，爲什麼要偷竊呢？」聖誕老人扯起一邊嘴角笑著，這笑容陰冷無比，「噢不，妳不是偷東西的那個，妳是阻礙聖誕老人的那個。」

「想拿走什麼？」她昂首，逼自己不許發抖。

聖誕老人打量了她全身上下，眼神最後鎖住她的雙腿，那雙剛剛跳上他身體、還交叉鎖住他頸子的腳。

沒有言語，聖誕老人驀地低空甩出斧頭，正對著馮千靜的小腿。

她沒有猶豫的即刻躍起，然後是兩個後空翻，這招式對她而言小菜一碟，肌肉的反射動作，永遠比大腦思考要快得多。

閃過了斧頭，斧頭向後落地，馮千靜才起身，迎面一陣影子揮來，她又是下意識的閃開，連什麼東西都來不及看。

只要當作是出拳很快的敵手就好了！她這麼告訴自己，不要思考，直接讓身體去反應吧！馮千靜！

「不要動！」後頭數位警察高喊著，但聖誕老人哪可能管什麼警察，他手上又跑出的鋸子左揮右劈，馮千靜只能一直跳躍、閃躲、彎身，從右邊閃到左邊，再繞過柱子火速來到聖誕老人身後。

聖誕老人卻又疾速旋身，伸手差點攫住她，驀地警方對空鳴槍，沒嚇到聖誕老人，反而嚇著馮千靜了。

「喝啊！」毛穎德繞了回來，抓準機會從後面跑出，狠踹聖誕老人一腳，人家是噸位十足、八風吹不動，但還是略微前傾而分心。

馮千靜趁機退到警察的後方，毛穎德沒來得及躲，聖誕老人的目標立刻變成他，「他是小偷，該斷手。」

毛穎德是跆拳道黑帶，但是不像馮千靜是職業格鬥競技者，沒有她來得柔軟，馮千靜看得心急如焚，而警方則預備對聖誕老人開槍了。

「開槍沒用！不要浪費子彈。」她大喊著，看著聖誕老人已背對了她，正專心欲砍下毛穎德的手，趁機衝了出去。

兩個人，就不信會輸給一個——說時遲那時快，在她尚未靠近聖誕老人背後之際，聖誕老人突然回頭，劃上一抹奸獰笑意，手上的刀子朝她拋了出來。

糟糕！馮千靜煞住身子，腦袋一片空白，她來不及躲！

冷不防的有人從旁邊撞了出來，她根本什麼都不知道，直接重重的被撞飛出去，右側擦上地面，盧了好長一段路！

刀子鏗鏘，敲上了某根柱子，撲了個空。

「Jingle bell, jingle bell……」

還側躺在地上的馮千靜只覺得天旋地轉，耳邊傳來熟悉的歌聲，一個兩個三個四個，歌聲越來越響亮，重疊的伴隨著紛沓腳步聲，從大道的盡頭奔了過來。

「妳啊！」章警官扳過馮千靜，看她右臉頰的擦傷，「這叫我怎麼跟老馮交代啊？」

「叔叔……」她右半邊疼得要命，但還是警覺的立刻坐起。

然後，有人帶著歌聲，奔過了他們身邊。

「聖誕快樂！Merry Christmas！」夏玄允的聲音異常高昂，直接朝著聖誕老公公衝過去，「聖誕老公公，我要禮物！」

「我要糖果！」郭岳洋也到他身邊，伸出手。

更可怕的是，他們身後帶了一群不知哪裡來的大小朋友，團團包圍住那聖誕老人。

「哇，聖誕老公公耶！耶誕快樂！」

「我也要禮物！」小孩子的尖叫聲最明顯。

聖誕老人一瞬間再度變得慈眉善目，眼兒都笑彎了，他發出招牌嗬嗬嗬的笑聲，一個個的摸摸孩子的頭，「好好好，每個人都有喔！」

他帶著孩子們往不遠處的布袋走去，馮千靜看得目瞪口呆，身後突然有人抓住了他的臂膀，嚇得她即刻反握住對方的手，直接一扭——

「啊啊……」蔡韻潔痛得差點尖叫，「好痛！是我！」

「啊！蔡韻潔！」馮千靜趕緊鬆手，那是反射動作啊。

「快走吧！」她跟張秀娥一左一右的把馮千靜拉起，「沒事的，夏天說警察先生們先不要管，不會有事的。」

章警官皺眉，「他是凶嫌。」

「等我們走了再抓。」蔡韻潔說著，一邊扶著馮千靜往前奔去。

馮千靜咬著牙，第一時間是回頭找尋毛穎德，他剛剛還在……左邊的走廊下走出了李青跟黃威霖，他們帶著毛穎德一起跑，她才放心。

沒有時間多問什麼，她跟著蔡韻潔一起離開了這條大道，這次再度直奔輕軌站。

一直到上了電車，他們也沒鬆懈下來，反而是留意附近有沒有任何聖誕老人的影子。

「夏天他們坐下一班。」小米看著手機說，「警察沒有抓到聖誕老人。」

「抓不到的。」毛穎德跟馮千靜都站在門口，以防萬一。

車廂裡人不多，但渾身是傷的她還是頗受矚目，毛穎德上前挑起她下巴，看著右邊臉頰的擦傷。

「郭岳洋會氣死的。」他喃喃說著，「其他地方？」

「衣服厚，沒事，可能有些瘀青吧。」她嘶了一聲，面向門上的玻璃看著倒映，「很嚴重嗎？」

「擦傷而已，但還是得盡快消毒。」毛穎德邊說，一邊思考她身爲格鬥者小靜，美麗也是賣點之一，這樣的傷不知道化妝能不能蓋過去。

想拿衛生紙擦拭，但是伸手入口袋的他卻不免一怔，掏出了詭異的紙張；一張黑色的小卡片在他的口袋裡，他沒有印象塞這種東西進口袋啊？

隨手揉掉，放回口袋後再拿出衛生紙要幫馮千靜處理。

「別了，等等找到有水的地方再弄，不然我多痛的。」她皺起眉，看上去既疲憊又火大，「我想回去睡覺。」

「壞孩子回不了家的，我們都是自找麻煩。」毛穎德想到這點就頭痛，「十六個……」

他留意到困惑的眼神，蔡韻潔他們都挨在他們身邊，用期待的雙眼看著他們，似乎想知道是怎麼回事。

他們才想知道咧，莫名其妙夏天跑去圍聖誕老人做什麼？

「這是……」他準備開口，卻留意到一個站在李青後面的傢伙。「那是我們的人嗎？」

張秀娥聞言回首，「喔，是，他是張庭諱的弟弟，張庭偉，剛剛過來的！」

張庭偉戴著毛線帽，正與蔡韻潔低首交談，面色凝重。

「他知道阿賴他們在哪裡，我們現在就要過去。」李青在毛穎德身邊低聲說著，「他一直在追蹤他們。」

喔，馮千靜明白，哥哥死因不明，家人比同學更想要個交代。

「那剛剛……」馮千靜皺起眉，「夏天是去哪裡找人？」

「他跟郭岳洋覺得你們很奇怪，你們前腳一走他們就說要去輕軌站了，後來傳訊給我們叫我們繞去救你們。」小米立刻出示手機，從輕軌站上方，可以俯看到與聖誕老人對峙的他們。

原來，輕軌站在高處角度的確瞧得見，毛穎德有時佩服夏玄允的聰穎靈敏，可惜只出現在都市傳說上。「然後？」

「他們說要帶人去找聖誕老人要禮物，如果他是聖誕老人的話，不只對壞孩子有責任，對其他孩子也有。」張秀娥微微笑著，「我突然明白爲什麼他是『都市傳說社』的社長了！」

「我們一點都不想明白!!」這句話，馮千靜跟毛穎德根本異口同聲，還跟著翻白眼。

這讓其他人瞪圓了眼錯愕，他們兩個倒是在異口同聲後，忍不住相視而笑。

「好啦，剛也確實是夏天他們的方法奏效，回頭會深表感謝。」毛穎德懶洋洋的問著一旁的人，「所以其他人在哪兒？」

「張庭偉說他們在夜店，一個偏遠的祕密地下室。」李青抬頭看著上方的站名表，「最終站。」

馮千靜跟著抬頭，最終站的確很偏僻，那兒有風景區了，假日跟白大熱鬧非凡，一入夜就是靜寂無人，大概還要二十分才會到。

「你們坐吧。」馮千靜指著整個車廂的空位。

「你們不坐嗎？」張秀娥擔心的是她。

「不適合。」她笑著，她現在可是壞孩子了，必須保持機動狀態。

張秀娥她們有點不好意思，還是毛穎德再說了一次才坐下，非常接近他們，大家距離都不遠；而蔡韻潔跟張庭偉說完話，也走了過來。

「他是張庭偉，張庭諱的弟弟，」蔡韻潔簡單介紹著，「這兩個也是都市傳說社的厲害成員，毛穎德跟馮千靜。」

「法文系，馮千靜。」她無力的說著，「我幽靈社員。」

「幽靈!?」蔡韻潔很驚訝，其他人也紛紛互看著，拜託！剛剛那個一直悶悶的馮千靜超屌的耶！

奔跑、跳躍、還能架上聖誕老人的身體，不只身手敏捷，連勇氣都逼人啊！

「我一直在注意阿賴他們，晚上看到大家在傳訊息，我就跑去都市傳說社的FB看，才趕緊跟蔡韻潔聯繫！」張庭偉很有禮貌，「感覺那個都市傳說好像……很有用？」

「有用是指什麼？」毛穎德瞅著他，「如果你是指什麼惡有惡報，或許吧……」

張庭偉是受害者家屬，不能用理智去說理，他一定希望那些涉案者乾脆都被殺光算了。

「我聽說了，每個人都有其報應。」說這話時，他眼尾掃向了一直站很遠的黃威霖跟劉思辰。「我從來不知道這個都市傳說，感覺眞好。」

「我們沒有這麼強烈的感覺，說過了，我們只要眞相。」蔡韻潔淡淡的說著，「我也不信他們十三個眞的都殺了張庭諱，也有可能是意外，我只是想知道實情。」

馮千靜靠著牆，緩緩的吐出幾個字：「十六。」

「嗯？」

「十六個。」她提高了音量，「張庭諱的事件裡，有十六個壞孩子。」

什麼!?這瞬間，好幾個人都站了起來，張秀娥張大了嘴，「爲什麼是十六個？」

「我們偷了聖誕老人的壞孩子名單偷看的，上面寫的就是十六個，名單好幾頁，前面都是我們已知出事的，還沒翻到後面就被抓到了。」毛穎德口吻裡還是帶著遺憾，「人名沒看到，但數字沒錯。」

「六跟三不可能搞錯的，我看得一清二楚。」馮千靜瞥向蔡韻潔，「除了妳列的那十三個外，還有三個人跟張庭諱的事情有關。」

蔡韻潔最爲驚訝，她一時之間無法接受，「不，明明只有十三個，那天我們就只有……除非在阿賴他們離開之後，還有別人過去……」

李青立刻看向黃威霖，他緊皺著眉頭，正在跟劉思辰算到底哪十六個。

「不知道，那天有人喊警察來之後我們就散了，根本各自分散……但是就我們十三個啊！」化學系十三個人，全部都在那兒了。「你們也記得的，去年約唱歌就我們幾個而已！」

「是啊，多出來的三個是誰？」小米還在調出去年ＦＢ的照片，「先走的也算嗎？可是計入就超過人數了！明明就只有你們啊！還是後來有約別人，那些人遲到了？」

「拜託，出事都什麼時候了！我們都唱兩小時，該遲到的都到了。」劉思辰搖頭，「天哪！不會重複算吧？」

說到這兒，她忍不住掩嘴哭了起來。

「應該不會，夏天說這是非常有原則的都市傳說。」毛穎德眞不知道爲什麼要這樣讚美。

這句話沒有比較安慰人，劉思辰得靠著黃威霖才能振作。

「算了，猜沒有用。」馮千靜看向張庭偉，「你確定阿賴他們在夜店？」

「我確定！」張庭偉斬釘截鐵。

「找到他們後怎麼辦？讓他們自首嗎？」蔡韻潔不解的是這點，「我跟你說，我不認爲阿賴會願意認罪。」

「同意。」「同意。」幾乎所有相關人士都附議，甚至包括黃威霖。

「犯不著，做過的事就做過了，聖誕老人沒有打算讓他們抹滅的意思。」毛穎德苦惱的搔搔頭，「我能想到的就只有躲起來一條路了。」

「躲？」這答案連張庭偉都驚訝，「我以爲有什麼方法可以……」

「那是都市傳說，不是鬼，不是拿個佛珠潑個聖水就沒事的。」馮千靜都會背了，「平安夜只有今晚對吧？聖誕老人只能出現一晚，只好讓他明年再說了。」

毛穎德用力點頭，擊掌一聲，「熬到天亮就沒事了，剩沒多久嘛，啊……」邊說，他打了個大呵欠。

是啊，只剩下一小時左右天就亮了，平安夜一結束，就能迎接聖誕節到來，聖誕老人就該回北極去休息了。

只要，能捱得過這一小時。

第八章
誰許的願？

最終站，「空望」，這名字一點在此時此刻看起來眞不討喜，像是空有希望的意思，但其實這個風景區就叫空望風景區。

這裡非常空曠，背山面海，在寒冬中強風特別森冷，在月台上等下班車的眾人無不瑟縮著身子，連帽外套的帽子都揭起，有毛帽的戴得更下頭，臉全埋進圍巾裡了。

毛穎德先帶馮千靜到哺乳室去，那邊有飲水機，先拿紙巾沾水，爲她把臉頰上的沙土先清掉。

「欸。」有點疼。

「別動，一下就好，幸好傷口不深。」他細心的爲她擦拭，雖說不嚴重，但擦傷範圍大，也是得痛個好幾天。

馮千靜安靜坐著，任他清理傷口，毛穎德令她安心，勝比夏玄允或是郭岳洋……基本上那兩個只會讓她焦躁跟想摔而已。

「結果變成我們是壞孩子，有沒有種很嘔的感覺？」他輕笑起來。

「有。」馮千靜也不否認，「坐視不管不是我的個性，但是捲入麻煩我更討厭。」

「我也沒想到會變這樣，我以爲至少跟上次一樣，我們用旁人的立場去協助。」毛穎德也很無奈，「好了，大致清理過了，事情結束後得趕緊上藥。」

「謝了。」她也難得還笑得出來，起身做了個伸展，「反正既然被聖誕老人視爲壞孩子了，就只能撐到底了，還有……」

她看向牆上的時鐘，四點十分，最多再一個半小時平安夜就結束了。

「可以的話，我希望不要留到明年。」毛穎德思索過這件事，「每年耶誕都得躲，有點累。」

「紀錄不會歸零嗎？」她圓睜雙眼，「今年沒算完的帳還留到明年生利息？」

「我怕。」他很誠懇，都市傳說他不熟也不想熟，但天曉得會不會留到明年計息？那時就不是砍手砍腳這麼簡單的事了。

馮千靜忍不住低咒出聲，立刻往外走去，「夏天到了沒？」

這種事，還是問那傢伙有用！

毛穎德經過垃圾桶時，順手把口袋裡揉掉的紙和剛剛清潔用的衛生紙一起丟棄，望著黑色那團有些厚度的紙張，還是想不起來怎麼會有那玩意兒。

好不容易等到下一班列車進站，毛穎德跟馮千靜躲到一旁去，就怕門一開是聖誕老人，幸好出來的是夏玄允跟郭岳洋。

「唷喝！」他們還興奮的高舉雙手，跟在外面等他們的大家GIVE ME FIVE，

「大成功！」

李青默默的跟他們擊掌，腦中千千結，深深覺得這兩個人的神經構造真的異於常人，「喂，事情還沒完耶！」

「至少知道怎麼讓聖誕老公公分心了啊，剛剛我們帶去的人，每個人都拿到了糖果或小禮物呢，小孩子可開心了！」夏玄允說得眉開眼笑，「再說個更神的，連波麗士都得到大禮呢！」

「呃……」眾人一陣嘩然，「他們沒……抓他？」

「怎麼抓得住呢！他們朝聖誕老公公開槍，子彈射進他身體裡像被吸收似的，聖誕老公公完全沒有大礙，還從布袋裡拿出一疊禮物說是要給他們的，接著大步跑走，好幾個警察追都追不上！」郭岳洋也一臉興奮，「後來他們開警車去追呢！我覺得是追不上啦，趕緊坐車過來了。」

「子彈吸進去啊……」張庭偉自顧自說著，看來很難接受。

夏玄允雀躍得靜不下來，左顧右盼，「毛毛跟小……馮同學呢？」

「這裡。」他們兩個自角落站出，「你們是在HIGH什麼？」

「嘿！連續近距離跟聖誕老公公接觸，誰不高興啊！」夏玄允愉快的朝他們奔去，一見到馮千靜就愣住了，「妳的臉怎麼回事!?」

什麼!?郭岳洋火速衝到偶像身邊，看見右邊臉頰一大片擦傷簡直傻眼，「爲什麼會這樣？毛穎德！」

毛穎德一愣，「你凶我幹嘛，這不是我弄的啊！」

「你把她帶走，爲什麼沒保護她？」郭岳洋簡直怒氣沖沖，「你知不知道她的臉是不能受傷的，她——」

嘖！馮千靜冷不防朝他脛骨一踹，說這麼多幹嘛，越說越多添麻煩。「我不必人家保護啦！少說兩句。」

「唉……唉呀！唉呀呀！」郭岳洋立馬抱著小腿跳啊跳著，毛穎德搖搖頭往前步去，夏玄允則趕緊扶住他。

小靜生氣了啦，少說兩句少說兩句，這邊還有外人在嘛！

「快走啦！」毛穎德回頭吆喝著，「要去找阿賴他們。」

郭岳洋好委屈的嘟著嘴，他是打從心底擔心小靜的啊，她的臉受傷的話要怎麼出席比賽跟代言？雖然最近好像沒有宣傳活動……

「喂，今年如果沒被處罰到，明年會繼續嗎？」馮千靜開口問。

「嗯……」夏玄允認眞思索，「有可能，但是聖誕老公公通常一個平安夜就能解決所有事情啊。」

「萬一。」毛穎德加重語氣。

「我覺得會耶，那個都市傳說賞罰分明，一絲不茍喔！」郭岳洋客觀的說，「眞的今年沒處罰到，不代表惡行消失，來年說不定第一件就辦他。」

馮千靜斜睨了毛穎德一眼，雖然只是如果，但百分之一的可能性都不該有。

「那怎麼取消這一切？」毛穎德再問。

「只有變好孩子啊，不是說讓阿賴他們去自首了！」他們兩個還以爲在提化學系同學的事。

唉，馮千靜沒好氣的指指自己，「我，他，一個阻礙聖誕老人辦事，一個偷聖誕老人的本子，都是壞孩子了。」

兩張天菜臉突然止步，震驚的望著他們，硬是靜了好幾秒，「你──們？」

驚呼的聲音讓前面的眾人不由得回頭，聲音還在輕軌站一樓迴盪咧。

「吵死了。」馮千靜趕緊加快腳步往前走，出了匣門，不想讓人家誤以爲他們是一夥的。

「爲什麼會這樣？」郭岳洋奔跑追上，「這樣就糟糕了，我、我想想……跟聖誕老公公道歉？」

不想！馮千靜咕噥著，「道歉有用？」

「不急，我們仔細想想，毛毛還可以用自首的，偷了東西……」夏玄允顯然陷入苦惱，「天哪！爲什麼你們會陷入這種事啊？」

「誰想啊！只是不想讓那些人受傷而已。」馮千靜深呼吸，「早知道我就無視聖誕老人的存在就好，我們繼續唱歌，唱完回家睡覺交換禮物。」

郭岳洋微微笑了起來，他們都知道，小靜做不到。

弱者就在自己面前，聖誕老人是囂張無理的強者，她不可能坐視不管的；毛毛也是，總是酷酷的一張臉，但是很討厭無理的都市傳說。

輕軌站附近是一些住商大樓，夜晚漆黑一片，但是再過去就有偌大的火鍋燒烤餐廳，隔壁是撞球間，撞球間後面則暗藏天地。

「後面。」張庭偉指向那小路的裡頭，「撞球間後面的屋子就是夜店了！」

李青有些不可思議，「你怎麼連這裡都知道？」

「我跟蹤過他們。」張庭偉倒是坦然，「這一年我沒有放棄注意他們。」

「這種地方能隨便進去嗎？會不會要會員證什麼的？」馮千靜大概知道這類祕密夜店，「或是需要特殊關係？」

「他們的地點就夠祕密了，知道的人才會來。」張庭偉熟門熟路的，帶著大家往冷清小路上走去，「只要出示證件已成年就可以了。」

撞球間聽起來正熱鬧，經過門口時一堆人在外頭抽煙，打量著蔡韻潔吹口哨，夏玄允跟郭岳洋也獲得不少讚美。馮千靜抽空把長馬尾編成髮辮，省得頭髮飛來飛去；接著他們再往前，果然有棟漆黑的鐵皮屋子，看上去活像是廢棄工廠，連盞燈都沒有。

「小心腳。」張庭偉提醒著，馮千靜跟毛穎德在意的是這麼黑，天曉得會不會突然跑出聖誕老人。

來到工廠門口，張庭偉用手機照亮那扇鐵門，鐵門上刻有特殊圖案，他輕輕敲了門，刻有圖案的地方唰地打開，居然是像信箱口的洞。

一雙眼咕溜溜的，上方的燈突然亮起，嚇了大家一跳。

「這麼多人。」對方喃喃說著，「證件。」

張庭偉把剛收齊好的證件遞出去，確定大家都成年後，鐵門嗶的打開。

「謝謝。」張庭偉領著大家往裡走，裡面安靜非常，只是一間廢屋似的，不過燈還算明亮，順著裡頭往前走沒兩步，就有道往下的樓梯了。

「地下室？」馮千靜驚呼出聲，這種時候在地下室不好吧！

難怪外面都聽不到聲音，未免太隱密了！毛穎德也緊繃著身環顧四周，只有一個出口而已，這樓梯才兩個人寬，龐大的聖誕老人只要站在這裡，就一夫當關萬夫莫敵了。

下了樓又是一扇厚重的門，那兒的保鑣打量了他們全體後，再拉開大門，震耳欲聾的聲音立刻傳來。

超震撼的電音趴正HIGH，各色的燈閃爍，舞池裡擠滿了人，煙味酒味混雜著，還有令人反感的拉K臭味。

「您好！」黃威霖及時拉住一個穿梭的服務生，「我找阿賴，賴田元！他應該跟紅桃還有廖本富在一起。」

服務生看了他一眼，指向角落，「不要在這裡找麻煩！」

「同學！」黃威霖指指自己，「來HIGH的！」

一行人擠過人潮往角落去，蔡韻潔、張秀娥跟小米幾度被喝到爛醉的男人拉走，李青跟張庭偉連忙護花，只是一閃神，連夏玄允跟郭岳洋都被扯進舞池裡，毛穎德很認眞的猶豫要不要去幫忙。

好不容易到了角落，卻是第二道樓梯。

「B2？」馮千靜有些煩躁，「地理位置太差了。」

「不下去？」毛穎德問。

「煩！」她嘆口氣，只能跟著下去。

地下二樓安靜很多，一下樓就是石砌走廊，也是兩人寬，只有不到兩百公分高，毛穎德都快頂到天花板了，兩旁均是一間又一間的包廂，樓梯下的保鑣先問黃威霖來意，大家開始裝作很熟的樣子，說要找阿賴他們找點樂子；保鑣先要求他們待在原地，五分鐘後，帶領著他們繼續往前。

這裡並不大，直走後一個右轉就沒路了，阿賴他們在最底間的包廂裡。

「黃威霖！威霖！」

一進包廂，惡臭撲鼻，半癱在沙發上的男孩笑得連口水都在滴，「哈哈哈，我以為他們說假的，還真的是你……喔！劉思辰！妳也來了，啊布魯斯呢？」

他身邊的桃紅色頭髮的女孩正在吸著桌上的白色粉末，懶洋洋的瞥了他們一眼，忽然頓住。

「幹！是蔡韻潔！」她放下吸管，嫌惡的跳起來，「黃威霖你幹他媽的帶他們來？」

「冷靜點，紅桃！」黃威霖實在不知道該不該講，一桌的煙酒跟毒品，他們到底還有多少腦細胞還活著？廖本富呢？

沙發後的廁所裡走出了另一個滿臉鬍子的男人，廖本富年紀都比他們大，去年的事件後他是沒休學，只是很少來上課，他擰著眉嚴肅的看著一屋子人，「為什麼帶這麼多人來？出什麼事嗎？」

「廖本富！天哪！」黃威霖有些感激涕零，「你還沒吸對吧？總算有個清醒的！」

「出事了！不要再吸了！」劉思辰氣急敗壞趨前，「志清死了、布魯斯也死了！其他人都重傷！」

「什麼死了，呵呵呵……哈哈哈！」阿賴還是那副爽翻天的模樣，摟過穿得很火辣的紅桃，「他們在說什麼啊？」

唉，紅桃掙扎，「你等等，事情好像不太妙。」

張秀娥把音樂關掉，蔡韻潔開始解釋當晚發生的事情，黃威霖與劉思辰都是證人，其他人也都能說得振振有詞。

但是聽者莫名其妙，眉頭深鎖。

「我說你們是吸了什麼？」廖本富搖著頭，「很嚴重啊。」

「誰吸毒啊！跟你們一樣？」馮千靜不爽的開口，「現在就剩你們三個了，山上的我們沒辦法，聖誕老人隨時會來，懲罰壞孩子可是不遺餘力。」

「都市傳說咧！」紅桃笑了起來，卻在看見夏玄允時變得乾笑，「呵……呵呵，等等，你……你是那個都市傳說社的？」

「我是社長，我叫夏玄允，又叫夏天。」他還在開心的自我介紹。

紅桃笑容微斂，立刻再看向郭岳洋，「對，這兩張臉我記得……學校裡最萌的活生生二次元男孩！廖本富，我說過記得嗎？都市傳說社的事情！」

活生生二次元男孩？夏玄允跟郭岳洋不約而同皺起眉心，這個綽號好怪啊！

廖本富看向夏玄允及郭岳洋，「臉我認得，只是都市傳說這種東西……不覺得太扯了嗎？」

「我們社團寫的事都是眞的！」夏玄允不喜歡別人否定眞正發生過的事，「我們都經歷過！」

提到我們時，連馮千靜跟毛穎德都一起比劃進去。

「躲在這裡好像也不錯，是不是躲到天亮就好了？」李青環顧了一圈，有感而發，「把門鎖好，聖誕老人就不會進來了！」

「那要是他破門而入，我們連跑都沒得跑。」馮千靜挑高了眉，雙手插入口袋，「問一句，張庭諱是你們殺的嗎？」

「厚！」廖本富立刻白眼，「又來！黃威霖，你帶他們來做什麼？」

「廖本富，志清死了，其他斷手斷腳被火燒的都有……我會在這種情況帶他們來追張庭諱的事嗎？」黃威霖語重心長的趨前，「我的小指被剁掉，我也親眼看見布魯斯失血過多而亡，現在不是開玩笑的時候——阿賴！」

黃威霖有點不爽，抄過桌上的酒杯，直接朝阿賴臉上潑去！

「啊……幹！」阿賴抹了臉上的酒，「做什麼啊!?」

「去自首吧！」張庭偉冷冷的說，「認罪就沒事了。」

認罪？紅桃不爽的踹開茶几，「認你個頭啦！我們沒罪爲什麼要認！就只是打了他幾下，好，也踢了他，那又怎樣！人不是我們殺的！」

馮千靜旋身，她想離開了，跟這些人說話無解又浪費時間，不如爲自己打算比較重要，她跟毛穎德要捱過平安夜啊！

「不要一直張庭諱張庭諱張庭諱，人都死透了，都爛光了一直提他做什麼！」阿賴也怒氣沖沖的站起，「被你們攪和了一年還不夠嗎？還害我退學！」

「你是因爲吸毒被退學的。」蔡韻潔立刻打臉，嗆得有理。

阿賴看向說話的方向，嘴角挑起一抹笑，「唷，蔡韻潔啊，沒看到妳眞抱歉！怎麼有空來找我啊？」邊說一邊踉蹌的往蔡韻潔這邊來。

「死到臨頭了都不知道，幹嘛爲你們擔心啊！」蔡韻潔不悅的嚷著，「再繼續待在這裡，等等連逃都來不及！」

廖本富緊皺著眉，從蔡韻潔跟李青他們的神態來看，好像煞有其事。

「嘿，妳越來越漂亮耶！」冷不防的，阿賴直接摟過了蔡韻潔，「我去年就很喜歡妳耶，偏偏妳一直都跟那個張庭諱在一起！」

「喂！」紅桃直接從後面扳過阿賴的肩，「你有沒有搞錯啊，你現在的女朋友是我！」

「她漂亮嘛！」阿賴語無倫次的說著。

李青忿怒的一把將蔡韻潔拉開，狠狠的往阿賴臉上就招呼一拳，阿賴重心不穩的往旁邊倒去，紅桃倒是爲阿賴抱不平，尖叫聲中撲向了李青。

「住手！在幹嘛啦！」張秀娥跟小米趕緊由後拉開紅桃，「都什麼時候了！」

「紅桃不要打了，你們吸毒吸到腦袋有洞了是嗎！」黃威霖跟劉思辰也上前阻攔，廖本富趨前拉起阿賴，順便阻止他失控出拳。

「都市傳說社」的社員們就默默站在旁邊，看著宛如一年前的事件重演。

「我突然有種不值得的感覺。」馮千靜悶悶的說，厭惡的深鎖眉心，「我要閃人了。」

毛穎德瞥了她一眼，馮千靜看到毒品就反感了吧，想起自己爲了幫這種人被聖誕老人歸類爲壞孩子，一點都不值得。

「等等！」蔡韻潔攔住馮千靜，「你們別走啊，走了我們怎麼辦？」

「怎麼辦？跟妳沒關係啊，反正我們只要熬到天亮就對了。」馮千靜帶著不屑的口吻，「我跟他現在都被歸爲壞孩子，我們不想繼續待在這個封閉式的場所等死！」

「咦？」蔡韻潔有些慌亂，但是馮千靜一副心意已決的模樣。

她轉頭看向夏玄允求救，身手這麼好的人怎麼可以讓他們走啊，要是等等聖誕老人眞的來的話，他們什麼都不會啊！

郭岳洋微微的搖頭，夏玄允則擠眉弄眼，小靜在生氣了，千萬千萬不要再多說話喔！

馮千靜才準備開門，敲門聲遂起，一群人宛如驚弓之鳥的發出尖叫，火速嚇得遠離門邊。

唯有阿賴一掛還愣在原地，傻傻的不知所以。

「阿賴，樓上的說有人送禮物給你，收嗎？」推門而入的是保鑣，這才讓大家鬆了一口氣。

「禮物？嘿嘿……這麼好？收！收啊！」阿賴笑著，不穩的站起，「這年頭還有人送禮物給我喔！哈哈！」

「是個聖誕老人。」

喝！氣氛頓時降到冰點，大家只能看著門被關上，那位保鑣已經離去。

「來了……」劉思辰全身開始發抖，「怎麼辦？他來了！我們死定了啦！」

廖本富擰眉看著這緊張的氣氛，「喂！你們是認眞的？」

「難道我自己剁我指頭嗎？何典州自焚嗎？你們醒醒吧！」黃威霖氣急敗壞的嚷著，「現在怎麼辦？」

「你不必緊張啊，你沒事的！」夏玄允趕緊出聲安撫黃威霖，「你已經受過懲治了，不在聖誕老公公的名單上。」

咦？黃威霖望著自己的小指頭，突然有種虛脫的僥倖感……是的，現在這裡最不需擔心的就是他了！身邊的劉思辰卻緊緊握住她的臂彎，抖得劇烈。黃威霖回頭看向劉思辰，她的肚子……

聖誕老人要拿的是什麼啊？

「馬的，報警！」馮千靜立刻拿出手機，口袋裡那紙卡跟著掉出，結果地下二樓，這兒手機根本沒有訊號。

毛穎德彎身拾起紙卡，有些驚訝，「妳怎麼也有這個？」

「什麼？」馮千靜隨口應著，「我不知道那是什麼，沒印象在哪裡拿的，幫我丟掉吧！」

「我也有一張說……」毛穎德反覆看著那張紙卡，「也是黑色的，形狀一樣很特別，這是城堡啊……」

「是嗎？啊，沒訊號！」她嘖了一聲，難怪蔡韻潔不管傳了多少訊息，吸毒這掛都不知道。「丟掉吧！」

「我的在輕軌站就丟掉了。」毛穎德下意識的往口袋裡摸摸，他爲什麼也不記得在哪裡——咦？

他忽然顫了一下身子，兩眼發直瞪著馮千靜，正在撥手機的馮千靜感受到詭異，緩緩的正首看向他。

「怎麼？」她問著，警戒天線已豎直。

毛穎德低首，緩緩從他口袋中，掏出一張黑色的紙卡，一樣是城堡形狀，卻平整無折痕。

「我丟掉了。」他一字一字說著，「妳看見的。」

「是。」馮千靜親眼看見他往垃圾桶扔掉一張揉成一團的黑色紙卡。

或許不知道他們在說什麼，但光這氛圍就已經異常詭異，夏玄允小心翼翼的趨前，謹慎的抽過毛穎德手中的卡片。

「我也有耶，我剛剛在口袋裡拿到的。」郭岳洋詫異的說著，一邊拿出他手上的紅色卡片。

一樣裁成城堡形狀，但是郭岳洋是紅色的，毛穎德的卻是黑色的。

「我也有一張。」夏玄允仔細說著，「我們剛剛在口袋裡發現的，沒有人記得什麼時候拿的，總之就是在口袋裡。」

「我丟掉了。」毛穎德重複著這幾個字，「爲什麼又會跑回我口袋裡？」

他再摸一次口袋，這一次觸及的卻是尖銳而細碎的石子，他內心涼了一半，掌心掏出，指縫裡盡是黑色的小石子——只有他看得見的小石子！

天啊！他痛苦的皺眉，馮千靜一瞬間就明白怎麼回事，「聖誕老人給的嗎？」

蔡韻潔撥開夏玄允與郭岳洋過來，看著他們手上的卡片顯得很浮躁，「都什麼時候了！聖誕老人就要進來了，你們在這裡討論許願卡？」

「喂，有點扯吧，要掛剛剛在中央廣場上掛不就好了？」連李青也過來，倏地抽走馮千靜手上的黑色卡片，「現在是討論這件事的時候嗎？」

他得到四個人八隻眼睛共三秒的靜默，下一秒卻立刻撲向他，「你說什麼？在哪裡看過這個？什麼許願卡？」

群情激忿，讓李青跟蔡韻潔都傻住了。

「那是中央廣場的聖誕樹上的許願卡啊，城堡形狀是那間百貨的LOGO，大家都可以寫上願望掛上樹啊！」張秀娥輕柔的解說，「只是卡片都是金色的，沒有紅色跟黑色啦。拜託！聖誕老人快來了，你們能不能專心一點！」

廖本富帶著阿賴往裡頭走，大家都想遠離門越遠越好，但阿賴卻不爽的扭開身子，坐回原來的沙發，他才不想聽這些神經病胡言亂語！尤其是統計系的，根本就是故意找碴！

「你們可不可以滾啊！我都離開學校了！你們還在我面前晃做什麼！」阿賴斷聲喊著，完全不正常。

「滾！滾出去！」紅桃也在那邊嚷嚷。

神智不清，黃威霖好說歹說，只能對廖本富說明白，場面可以再混亂一點啊！

「我的卡片是夾在禮物給我的，聖誕老公公說我是好孩子。」郭岳洋逼自己冷靜下來，「夏天也是好孩子，這個卡片如果是好孩子跟壞孩子的區別——」

「為什麼是許願卡的形狀？」夏玄允提出了最大的關鍵點，「跟那棵樹的許願卡形狀一樣？聖誕老公公為什麼用那棵樹的卡？」

毛穎德做了兩個深呼吸，平復心情，「不是有誰提到那棵樹有什麼傳說？」

「傳說能把許願卡一口氣掛上第三根樹梢的人，願望就能成眞。」小米在旁邊立刻答腔，「但是樹這麼高，我們誰都不可能吊到。」

夏玄允搖著頭，立刻拉過張庭偉，「你哥不是在百貨公司打工嗎？該不會就是那間吧？」他依稀記得小米他們剛有提到！

張庭偉倒抽一口氣，點了點頭，「是啊，哥就是在那邊沒錯。」

「在那邊工作的人要一次掛上許願卡有什麼難的！他只要用梯子、甚至拆下來掛都沒問題！」馮千靜火速問向蔡韻潔，「妳不是說那天你們都在樹下許了願嗎？一年前？」

蔡韻潔有些搞不清楚現在的狀況，一直緊張的盯著門瞧，「又怎樣？」

「那天張庭諱許願了嗎？」馮千靜再追問。

「許了許了，但是沒跟我們一起許！」張秀娥趕緊幫忙說，「他說他早就掛上去了，只有我們幾個現場許願現場掛而已！」

傳說中吊上第三根樹梢的人願望會成眞，紅色與黑色同樣形狀的許願卡，丟掉卻再回來，爲什麼聖誕老人的好壞分類用的那棵樹專用形狀的卡？爲什麼有不一樣的顏色？這個也是傳說，另一個也是傳說——

「這跟他許的願一定有關！」夏玄允幾乎斷定，「事情不會這麼巧！他許了什麼願，引出了都市傳說的聖誕老人，那個聖誕老人才會以許願卡爲基礎！」

「我也是這麼想！」郭岳洋喜出望外的轉頭握住夏玄允的手，「關鍵在他許的願！」

「我哥？」張庭偉不解的嚷著，「可是我們怎麼知道我哥許了什麼願？」

「那不重要了！重要的是那棵樹！」毛穎德立刻釐清思緒，「我們要去把那個願望取消！或是再許一個願！」

馮千靜瞪圓雙眼，「那在中央廣場耶，我們剛剛來的地方！」

餘音未落，敲門聲響起了，叩叩。

「呀——」劉思辰幾乎崩潰得跌坐在地，馮千靜直覺性的找身邊有的東西當武器。

外頭的人走了進來，依然是保鑣，狐疑的看著他們幾個，手上捧了一個包裝精美甚至繫著緞帶的禮物盒。

「你的。」他把盒子放下，廢話不多說的轉身離開。

所有人屏氣凝神看著那盒禮物，莫不面面相覷，等一下，不是只有好孩子才能得到禮物嗎？

阿賴這個樣子，最沒資格得到禮物的應該是他吧！

「哈哈哈！哈哈哈！我有禮物耶！」阿賴笑得很瘋狂，「什麼壞孩子會受到處罰！什麼鬼啊！這我的、我的禮物！」

他伸手要拆，廖本富卻按住他的手，「我覺得有點怪。」

「怕什麼！難道會是炸彈嗎？」阿賴嘻嘻笑著，這反而其他人驚愕——對呀！萬一是炸彈呢？

「不會。」夏玄允立刻扔出定心丸，「這上面還有很多人在跳舞，不會這麼剛好每個都得死吧？」

郭岳洋深有同感，「聖誕老公公很有原則的，不會濫殺無辜。」

黃威霖聞言回首，有些難受，「我不覺得志清無辜，但我也不覺得他該死。」

郭岳洋有些尷尬的低下頭，他其實不是那個意思的，夏玄允只是拍拍他，這種事情難以論斷，少說少錯。

阿賴拆掉紅色的緞帶，連撕綠色的包裝紙都不穩妥，紅桃在一旁幫忙，瘋瘋癲癲的模樣讓人看了實在焦躁。

包裝紙撕開後是個白色的盒子，盒子上黏貼了一張黑色的卡片，城堡形狀的卡片。

「壞孩子……」劉思辰虛弱的說著，「那是、那是壞孩子的標記！」

「什麼東西……」阿賴拿起卡片反覆看著，上頭一個字都沒有，黃威霖謹慎的站在茶几邊，看著阿賴打開盒子。

如果是壞孩子的話，聖誕老人爲什麼要送禮物？

「猜猜我得到什麼好東西啊……嘻嘻嘻……」阿賴訕笑著，將盒子打開。

一顆頭顱翻著白眼、嘴巴大張的呈現慘叫般的扭曲，就這樣面對著阿賴。志清的頭。

第九章
誰才是壞孩子？

「哇呀——」紅桃歇斯底里的尖叫，嚇得從沙發上滑下去，廖本富瞬間站起，唯有阿賴一個人呆坐在原位，被嚇傻了反應不及！

「什麼？」其他躲在角落的人不明所以，緊張的問。

黃威霖退避三舍，臉色鐵青，「是志清的頭！」

聖誕老人把頭顱送給了阿賴，這代表什麼意思啊？

「走！」廖本富當機立斷，「他們沒在開玩笑，快閃人啊！」

二話不說，他們立刻衝出了大門，站在房間裡的其他人一時之間還傻在原地，若不是劉思辰放聲尖叫，才喚起大家的行動力！

「走啊！大家站在這裡幹嘛啦！」她雙腳再無力，爲了逃命還是要動啊！

毛穎德立即抓過夏玄允，「夏天，你們立刻回中央廣場，去把許願卡弄掉……或是再許個什麼願的隨便你，一定要破解掉！」

「我也這麼想，我跟洋洋去！」夏玄允肯定的點頭，「你們一定要撐住！」

「多帶幾個人，以防萬一。」馮千靜不急著走，在房間裡找了鋁棒當武器。

「我陪他去啊！」張庭偉自告奮勇，「我想知道哥哥許了什麼願，這一切真的是哥的復仇嗎？」

「張秀娥跟小米都去。」毛穎德瞥了雙腳抖個不停的女孩幾眼，「待在這裡也沒什麼作用。」

邊說，他砸爛了椅子，選了硬一點的木椅腳當武器。

李青推門而出，他在猶豫要不要陪夏玄允去，但是蔡韻潔一副要待在這兒的模樣，他又覺得應該要陪著蔡韻潔才是；這一年來他們相互扶持，而且他也答應過張庭諱要好好照顧她的。

走出門外時，走廊上已經空無一人，溜得倒是挺快的，吸毒喝酒醉成那樣，走路卻很順當的。

他們一行人已經決定分頭進行，往左拐彎要前往地下一樓時，李青卻瞬間倒抽一口氣，止住步伐，打橫手臂阻止了蔡韻潔的上前。

其他人紛紛碎步往前，看見的是要上B1的樓梯口，站著頭根本頂到天花板的聖誕老人。

阿賴摟著紅桃躲在走廊中段的牆邊，廖本富也謹慎的不敢往前，劉思辰直接躲在黃威霖背後，黃威霖離聖誕老人最近，即使他好像已經受過懲罰，但面對聖誕老人還是會恐懼。

腦海裡浮現在包廂裡的畫面，他箝著梅西的下巴，如何削下她的鼻子、如何割掉阿紅的臉頰肉、還有志清……他是用鋸子鋸下他的頭顱的！

「嗬嗬嗬，收到我的禮物了嗎？」聖誕老人瞇起眼笑得很爽朗，「賴田元、廖本富跟陶筱筱，都在了……啊！」

那個「啊」，聖誕老人扶了他的小眼鏡，看向的是走廊底端轉彎處的他們，馮千靜合理的認爲是看向她。

「滾、滾開！你哪裡來的啊!?保鑣呢？喂！」阿賴怎麼突然像醒了似的。

「嘿咻！」聖誕老人把肩上的布袋重重往地板一放，裡頭鏗鏘匡啷的，東西聽起來可不少，「來看看你們該送給我什麼禮物呢？」

廖本富開始後退，使勁揮著左手，叫阿賴他們也退開！

聖誕老人從布袋裡拿出一把刀子，還有一根長矛，馮千靜瞄向自己跟毛穎德手上的東西，完蛋！光長度就輸了一截。

「你們閃好，不要被傷到應該就不會有事。」馮千靜回眸向夏玄允說著，「緊急狀況時打手機，不要傳訊，我應該沒太多時間看訊息。」

「最好是不要打來，一口氣把那棵樹解決掉。」毛穎德比較希望如此。

「你們要挺下去喔！」郭岳洋說著，「至少也要再撐一小時！」

「不必，我們坐計程車去啦！」夏玄允早想好了，「我相信小靜！」

馮千靜睨了他一眼，這次她沒生氣，因爲夏玄允說得沒錯，他相信「小靜」，擂台上的格鬥家小靜。

又是生死擂台，反正不要被傷到就好了，平安夜就快過了。

「走！」馮千靜大喝一聲，冷不防一回身，竟往阿賴包廂方向去。

阿賴他們聽見大吼莫名其妙，但是也想退回包廂，紛紛回頭！聖誕老人果然立刻追了過來，他們就是要製造這樣的空隙，讓聖誕老人離開樓梯口，夏玄允他們才能上樓！

劉思辰尖叫著逃跑第一名，黃威霖站在原地一動也不動，感受著聖誕老人撞開他而趨前……啊！他跌坐在地，一陣冷汗直冒，他眞的……已經不會受到懲罰了？

另一方面，夏玄允跟郭岳洋帶著張庭偉、小米跟張秀娥一起往前跑，與聖誕老人相反方向，李青跟蔡韻潔就卡在角落按兵不動，以不變應萬變。

夏玄允一馬當先，郭岳洋緊跟在後，小米跟張秀娥並肩著，緊張的偷偷瞥了聖誕老人一眼——咦？

小米突然感到一抹冰涼從肩頭傳來，她看見血珠飛濺，來自於自己的左……肩？

「哇——」劇痛襲來，她尖叫著踉蹌，朝張秀娥身上倒了過去。

「就這一塊就好了喔！呵呵。」聖誕老人在轉角內側停下了腳步，一刀削下小米的肩頭。

張秀娥攙扶著小米，腦袋一片空白，前方的夏玄允跟郭岳洋詫異回頭，根本不明白究竟發生了什麼事，爲什麼、爲什麼聖誕老人會傷害小米？

說時遲那時快，聖誕老人左手握著的長矛，筆直刺向了張秀娥，「多事！」

「張秀娥！」在她正後方的李青趕緊急忙上前，狠狠一腳踹開了張秀娥，硬是讓聖誕老人的長矛撲了個空，刺進了石牆裡。

轉彎後那頭的人也都停下腳步，尤其是毛穎德與馮千靜，他們蹬回來看著不可思議的一切，聖誕老人背對了他們，卻面向了小米！

「眞是不乖！」聖誕老人搖搖頭，卻還和顏悅色的看向李青，「你呢，也就一塊頭皮吧！」

餘音未落，聖誕老人刀子立刻往李青頭上掃過，蔡韻潔尖叫出聲，冷不防拉回李青，以身擋在他前面，那銀色閃亮的刀子硬生生在她頰畔停下，聖誕老人咦了一聲。

「好孩子，不關妳的事喔！」聖誕老人溫柔的說著，「別嚇到妳了，讓開一點，我只要一小塊頭皮。」

十六個，馮千靜瞬間明白了十六的數字哪裡來的，不只是蔡韻潔以爲的化學系涉案十三人，居然包括了小米、張秀娥跟李青——張庭諱的同學！

「爲什麼？」蔡韻潔不解的看著聖誕老人，「我們沒有傷害庭諱，爲什麼我們要負責？」

「你們啊，不是把他扔在那裡了嗎！」聖誕老人冷冷的，笑了起來。

馮千靜與毛穎德互看一眼，兩個人用力頷首，立刻朝著聖誕老人衝過去，毛穎德率先拋出手上的椅腳，對準的是聖誕老人的額頭，一如往常的，聖誕老人連正眼都沒瞧，倏地就以持刀的手打掉了飛來的椅腳。

他帶著得意的眼神轉向右邊，彷彿想嘲弄毛穎德的下一秒，馮千靜一躍而起，手上的鋁棒直接重擊聖誕老人的眼鏡！

「走啊！」她自聖誕老人身邊與牆空隙鑽過，於他身後落地，往樓梯的方向滾了幾圈，對著夏玄允大吼，「拖什麼時間！」

「啊！」夏玄允跟郭岳洋總算回神，三步併作兩步的衝上樓！

馮千靜一把拉過健康的張秀娥，要她跟著離開，如果她也是目標之一，那先跟著夏玄允他們走會比較好一點！

「啊啊！」眼鏡被打破的聖誕老人踉蹌退後，他怒吼著雙手掩住雙眼，毛穎德立刻拉過蔡韻潔跟李青，推他們往樓上去。

拾起剛剛被打掉的的木椅腳，以預備動作抵著聖誕老人，李青一肩扛起哭泣的小米就往上衝；廖本富爲人機警，剛發現風向一轉立刻就從馮千靜他們身旁一起往上逃竄，阿賴跟紅桃歪扭扭的跟上。

「你們——知不知道你們在做什麼？」聖誕老人手上的刀子跟長矛亂揮，沉重的聲音聽起來怒不可遏，「我是在收禮物啊！」

「你收的禮物太可怕了，我們承擔不起。」毛穎德已經繞到另一端，與馮千靜雙雙背對著樓梯後退著。

「啊啊啊啊啊！」聖誕老人伴隨著怒吼長嘯，雙眼上染著血，噢，原來都市傳說的聖誕老人也會流血耶，眼鏡的玻璃碎片砸了他滿臉。

重新站起的他頭頂撞到天花板，這個地下室的走廊比他的身高還矮，寬度也只有兩人寬，對體型壯碩的他而言難以發揮。

重新睜開眼的聖誕老人看上去勝比之前駭人，他的雙眼被血染紅，眼球上插著玻璃碎片卻依然咕嚕咕嚕轉著，盛怒非常的他已經失去了和藹的容顏，取而代之的是一種殘虐的猙獰。

「果然都是壞孩子，你們這些壞孩子，一定要受到懲罰！」他痛苦忿怒的咆

哮著，重低音在走廊裡迴盪。

「吵什麼啊！」一旁的包廂門倏地拉開，「怎麼回事——」

怒吼的人餘音未落，聖誕老人的長矛已經貫穿了他的咽喉。

「吸毒的壞孩子！」聖誕老人冷冷的抽回長矛，「老公公就拿走你的氣管吧！」

「呀——」包廂裡的女伴驚聲尖叫，這惹得其他包廂的人紛紛開門探頭而出。

現在！馮千靜即刻扭頭往樓上奔去，毛穎德尾隨在後，下頭一陣混亂，還聽見聖誕老人在樓下嘶吼的聲音！

「把禮物給我吧，壞孩子們！」

衝上B1，入口的保鑣早消失無蹤，連他們去哪裡都沒時間思考，但是卻看見李青。

「你們怎麼還在這裡？」毛穎德簡直覺得頭暈。

「大門被堵死了！」李青回吼著，「我們根本出不去！所以其他人都往舞池裡衝了！」

「那夏天他們呢？」

「他們說要鑽出去，我沒辦法理他們！」

「那傢伙有辦法的，我們暫時別管他們！」嘴上這麼說，馮千靜心卻涼了半截，「大家都往舞池去啊……那裡人太多了啊！」

樓下傳來了腳步聲，毛穎德立刻拉著她往舞池裡衝，「現在最好就往人多的地方去！李青！」

「我跟蔡韻潔在一起，你們小心！」李青很緊繃，他其實多想當面問聖誕老人——為什麼要找他們？

他們不是知道張庭諱後來又被揍才扔他在那裡的，他是為了送女孩子們平安返家，何以這樣做是錯的？被歸為壞孩子之列？

他錯在哪？護著大家？送蔡韻潔她們回家？還是……

沒有回頭去找他？

李青從進入舞池後，直抵女廁，因為蔡韻潔先帶著小米去包紮，他站在外頭高喊聖誕老人上來了，小米驚嚇得不低，泣不成聲。

「蔡韻潔，為什麼我們是壞孩子？」小米哽咽的問，「我們做錯什麼了？我們沒害張庭諱啊，為了找出眞凶，這一年來多麼的不遺餘……」

蔡韻潔默默的用衛生紙壓住她的傷口，一片肉而已並無大礙，但令人恐懼心寒的是聖誕老人那一刀……不，是張庭諱那一刀。

剛剛「都市傳說社」的人說了，好壞孩子的卡片來自於許願樹的許願卡，是啊，爲什麼以那樣的形狀爲基準？張庭諱許了什麼願？這其實很明顯，聖誕老人針對化學系那十三人，本來就跟他們有關。

是他的願望，讓聖誕老人決定對傷他的人進行制裁嗎？那爲什麼不是十三人，而是十六個？爲什麼包含了小米他們？

「我們，那天晚上誰打電話給他了？」門外的李青幽幽出聲，「回家之後，我們有誰關心他在哪裡？」

蔡韻潔顫了手，看著淚眼婆娑的小米。

「我、我們有傳LINE啊……」她哭得泣不成聲，「我怎麼知道、怎麼知道他有沒有讀，群組這麼大……」

什麼!?李青詫異的直起身子，「蔡韻潔？」

蔡韻潔沉下眼色，痛苦的緊閉上雙眼，「我有。」

「我打電話給他，但是他沒有接……我一直打一直打。」豆大的淚珠滴入洗手槽，「我想他累了，或是調靜音，第五通後我就不再打了，我要他盡快回我電話。」

「呵……呵呵呵……」李青忍不住笑了起來，「哈哈哈哈，原來是這樣啊哈哈哈！」

「有什麼好笑的！」蔡韻潔哽咽的喊著。

「只有妳打電話，只有妳是好孩子啊！」李青悲哀的望著天花板，「我沒有理他，我以爲傳個LINE就代表一切了，我們誰也沒有想過張庭諱一個人待在那邊，可能會發生什麼事！」

小米顫抖著，「是是是、是這樣嗎？」因爲這樣子，他們就變成壞孩子了？

蔡韻潔凝視著洗手槽，她只覺得悲從中來，如果這個都市傳說是因應張庭諱掛上的那個願望，那她多想直接揍他一頓，爲什麼要許這種願？爲什麼連自己的同學都要傷害？爲什麼要用這種可怕的力量？

「呀——」驚天動地的尖叫聲從舞池傳來，李青立刻機警的繞出去，看見在燈光閃爍的舞池中，有著醒目的聖誕老人！

「哇！」所有人都在逃竄，因爲聖誕老人手持著刀子揮舞著，聲如洪鐘。

「不要擋聖誕老人的路！」聖誕老人大吼著，「我要找壞孩子收禮物！」

「你是誰啊？離開——」夜店的保鑣們紛紛湧上，但是身高體型差距立刻被聖誕老人一拳一個直接打飛。

滿滿的人潮在推擠中跌倒互踩，連ＤＪ也都停止演奏，前一秒還吵翻天的夜店舞池，下一秒變成尖叫聲此起彼落的逃難場，只剩下五彩燈光交換閃爍，連音樂聲都不復存在。

逃上一樓的人很快的發現大門被堵死，他們擠在門口推著，擠滿了樓梯，剩下出不去的就卡在門邊、塞在角落，哭泣著也尖叫著。

中間舞池淨空，只有滿地的煙蒂、酒瓶跟K煙。

兩旁紗簾包廂裡的人不敢走也不知道該怎麼走，大家呆然的坐在裡頭，驚恐的望著不速之客……聖誕老人不是應該來報佳音送禮物的嗎，爲什麼這個看起來如此駭人？

馮千靜躲在樂團巨大的音響後，角落有面鏡子，可以清楚的反射聖誕老人的動向，但這角度聖誕老人是看不見她的……說實在話，聖誕老人可能也不是很需要知道她在哪裡，應該想要懲罰時就能找到她了吧！

毛穎德就在舞台另一側，柱子後端，他很大方的正面向著舞池，因爲他眼前都是一堆簾子跟裝飾，很容易隱藏位子。

至於其他人……他剛看到李青從廁所的方向奔出探看，他們應該在那兒，其他人就眞的不知道在哪裡了。

聖誕老人每一步都重重踩於地，不特別搜尋，彷彿也能知道人在哪裡。

「We wish you a merry Christmas……」他自喉間低低吟唱出聖誕快樂歌，聖

誕老人驀地載滿愉悅，We wish you a merry Christmas……」

有人揭開了簾子，狐疑的看向聖誕老人，完全搞不懂這怎麼回事！

「那裡躲著誰呢？有沒有人要告訴聖誕老公公，你們包廂裡有沒有躲著不認識的人呢？」

不要！紅桃雙手合十，仰望著一個都是女孩包廂的女生們，她躲在沙發後，淚眼汪汪的拜託著她們。

「他會殺了我。」她用嘴型這麼說。

女孩子們遲疑著，交換著眼神，這個聖誕老人看起來的確很可怕，但是如果不把她交出去，聖誕老人會不會傷害她們呢？

但是她們不知道，剛剛聖誕老人話尾才落，她們不約而同轉頭看向紅桃的動作，已經讓聖誕老人盡收眼底；他滿意的勾起笑容，再度展現那豪氣的嗬嗬嗬笑聲，筆直朝女孩們走去。

「咦？他過來了！」女孩嚇得起身，遠離了入口。

「可愛的女孩，出去吧。」聖誕老人以大刀揭簾，「聖誕老公公今年還不想向妳們收禮物喔！」

「嗚……」女孩們嚇得發抖，隔壁包廂的男孩立刻主動伸手，接過她們。

女孩一個接一個溜到隔壁包廂去，躲在沙發後的紅桃還渾然無所覺。

那邊是誰？坐在音響背後的馮千靜望著，這角度她看不見聖誕老人、也看不見事發的地方、更不會知道那邊藏了誰；向右看向柱子後的毛穎德，他搖搖頭，看不到。

聖誕老人放下刀子，刀在擺滿杯子與盤子的桌上發出森寒鏗鏘聲，讓坐在地上的紅桃打了個寒顫——他在這裡？

「壞孩子要給老公公禮物啊，妳……紅桃。」聖誕老人從上衣口袋裡拿出了一個迷你鑷子，「妳錄影了吧！」

咦？紅桃發著抖，忍住哭聲，驚恐的順著沙發背後，往包廂入口的方向爬去，要不是這個隔壁是牆的話，她也想爬過去的。

爬出去，先爬出去再說！

爬到沙發另一頭，她慌亂的站起，就要衝出包廂。

「壞孩子，怎麼這樣不聽話呢！」龐大身軀驀地擋住她的去向，聖誕老人整個人就塞在簾子包廂的出入口。

用那雙插著玻璃碎片的眼睛盯著她。

「哇啊！」她回身就往另一邊跑，卻直接被聖誕老人抓住，「放開！對不起對不起，我們不是故意的，我們眞的不知道張庭諱會死，只是打了幾拳而已，而且我沒有動手喔！對！聖誕老人，我沒有打他！」

她涕泗縱橫的爲自己辯駁，可憐兮兮的望著滿臉是血的聖誕老人。

「所以聖誕老人不要妳的手啊！」聖誕老人瞇起眼笑，「妳錄影而已嘛，聖誕老人就要妳一隻眼睛就好。」

什麼!?紅桃以爲自己聽錯了，瞪圓了雙眼，剛剛聖誕老人說什麼？

下一秒聖誕老人箝住了她的下巴，右手的鑷子小心翼翼的往她的眼上去，彷彿還有幾秒猶豫，是左眼球好？還是右眼球好呢？

「不——不要！救我！阿賴救我！」紅桃開始劇烈掙扎，「廖本富！蔡韻潔——」

是紅桃！李青在廁所門口蜇伏著，隱約看見簾子後紅色的身影跟紅桃，但是他們現在什麼都做不了。

「我不要——哇——哇——」她看著鑷子越來越近，聖誕老人選了左眼，「救命救——阿——」

嘰！鑷子張開，尖端順著眼球邊緣分別刺進了眼球裡，聖誕老人輕鬆熟練的轉動鑷子，像一種挖奇異果的概念，唰地繞眼球一圈，讓眼球剝離眼窩。

「呀——啊啊啊——」慘叫聲淒厲異常，紅桃不管身子如何抽搐，也影響不了聖誕老人的動作。

「Glad tidings for Christmas，And a happy New Year!」聖誕老人還唱起歌來，抽起鑷子，伸手往紅桃的眼窩裡去，挖出他要的眼球。

叫聲淒絕異常，整間夜店的人都傻了，一樓的壯漢們終於把門給撞開，歇斯底里的人們蜂湧而出，瘋也似的逃離夜店。

剎！聖誕老人扯斷血管與神經後，終於鬆開了手，讓慘叫的紅桃重重跌落在地。

「欸欸，時間好緊啊！」聖誕老人把眼球收起，順手把沾滿血的手往衣服一抹，再從毛上衣裡掏出懷錶，「噢噢噢，滴答滴答，平安夜快結束了！」

掄起桌上的刀子，他挪動笨重的身軀，看著空無一人的舞池，還有正爭先恐後往窄小門口跑出的眾人。

「哎呀！」聖誕老人忽然咚咚咚的追趕過去，讓一票辣妹驚聲尖叫、逃之夭夭。

怎麼回事？馮千靜忍不住探頭出去，為什麼聖誕老人要追趕那群人？

李青謹慎的觀望著，意外發現在對面的包廂底下，似乎還藏了一個人。

紗簾飄動他看不清楚，但正常人不會躲在沙發底下吧？

「叮叮噹、叮叮噹，壞孩子怎可以跑呢！」根本沒人知道聖誕老人在說什麼，但是他左手倏地拋出長矛，嚇得來狂歡的人們瞬間跟摩西過紅海般分從左右兩邊散去！

「哇——殺人哪！」一個跌坐在地的女孩看著眼前的長矛，就這麼直直插進一個人的後腰部，根本完全站不起來。

聖誕老人連忙趕到，馮千靜正緊張之際，他卻輕柔的將女孩叉起。

「小心小心！」聖誕老人一把就將她扶起了，「可愛的小女孩，回家小心啊！」一邊說，聖誕老人還在她掌心上放了一個小小的禮物。

咦？少女根本不懂怎麼回事，扶著她的手滿是鮮血，但她掌心上的禮物卻毫無血跡……聖誕老人輕柔的將她往前推，示意她快點走，她顫抖著在同伴的扶持下踉蹌的朝樓上跑去。

那個聖誕老人是什麼人？他剛剛射穿了一個人的背，卻把她扶起來？

「啊……」李青向右回頭，對著站在門口的蔡韻潔，「是廖本富。」

廖本富原本心機深沉的想混在人群裡逃出去，遺憾誰也逃不過聖誕老人的法眼。

聖誕老人沒有拖延，他急切的想把事情辦完，握住長矛使勁抽回，倒勾的尖端掛著一枚紅色的腎臟，被聖誕老人一樣好整以暇的用小袋子收起；他總是可以從上衣左右兩口袋中拿出黑色的袋子，把壞孩子的「禮物」收進去、束口、再塞回無底洞般的口袋裡。

聖誕老人一回身，李青立刻躲進去，蔡韻潔將他跟小米都往女廁裡塞，自己則決定擋在外頭，她是好孩子，聖誕老人不會對她下手的；站在外頭，卻聽見隔壁男廁的低泣聲……劉思辰嗎？

「噓！」黃威霖扣著劉思辰，拜託她不要引起人家注意！

毛穎德跟馮千靜都保持一定勻稱的呼吸，壞孩子名單剩下李青、張秀娥、阿賴、劉思辰跟他們兩個而已，聖誕老人在趕時間，他一定打算速戰速決的。

他們也希望速戰速決啊，天怎麼不快亮啊？

聖誕老人筆直走向廁所，立刻就看見蔡韻潔，果然完全無視的往男廁裡去，劉思辰瑟縮在其中一間廁所裡，顫抖著鎖上門，但門板的高度根本矮於聖誕老人的身高；她偎在黃威霖懷裡抖得劇烈，感受著上方一抹影子……

抬起頭，看見聖誕老人那雙插著玻璃的眼睛——「哇呀——」

蔡韻潔沒進去，她移不開腳步，她決定要死守在女廁門口，絕對、絕對不讓聖誕老人進去碰李青。

對面的包廂沙發底下，緩緩的爬出了阿賴，他留意到聖誕老人不在這附近，眼神望著早已敞開自由的出口，他可以現在就出去……一躍而起，他火速的衝了出去。

結果心慌意亂，還沒衝出包廂就絆到桌子，硬是跌了個狗吃屎。

噢！馮千靜從台上回頭看著狼狽踉蹌的他，連逃命都不會嗎？

聖誕老人倏地奔出，阿賴連滾帶爬的往門口衝，「張庭諱的死不關我的事喔！真的不關我的事！不要牽託好不好！」

他狼狽的往出口奔去，怪的是，聖誕老人沒有追。

奇了，他不是吆喝茲事的首腦嗎？這樣還不算壞孩子？志清只是鼓勵大家揍人，頭就被帶走了？這什麼邏輯？

聖誕老人望著逃出去的背影，接著轉過頭，看著擋在女廁門口的蔡韻潔。

「好孩子，走開。」聖誕老人笑著說，「讓我過去。」

「不要。這是女生廁所，聖誕老人你是男生，不能進去！」蔡韻潔怕得要死，還是只能死撐。

舞台上的毛穎德移動了步伐，已經跟馮千靜做了暗號，既然阿賴能跑，他們也能跑吧？

一、二、三——「去哪裡！」

唰——刀子瞬間從聖誕老人手裡射出，正對著毛穎德而來。

毛穎德下腰閃過，刀子繼續飛向與他平行的馮千靜，她眼尾一瞥，一扭頭子閃躲，刀子幾乎是擦過她的臉頰的。

聖誕老人快步走出，還滿臉愁容，「你們不能乖一點嗎？爲什麼要讓我老人家這麼忙呢？」

「我砍你的手看你會不會乖乖的？」毛穎德沒好氣的應著，說這什麼話啊！

情況變得令人厭煩，他們現在面對著聖誕老人，因爲聖誕老人闊走數步，又已經擋住了出入口。

這間夜店的消防設施一定不合格，只有一個窄小的出入口，萬一失火根本就逃不出去。

「阿賴你不追，專找我們麻煩？」馮千靜正在扭著手腳關節，一副熱身的模樣，「我們只是不想讓你隨便傷害同學而已。」

「他？」聖誕老人滿意的笑笑，「我已經拿了。」

嗯？馮千靜不解的回想著，從頭到尾沒看見聖誕老人拿走什麼東西啊！？她開始盯著聖誕老人，一邊往包廂裡走去，試圖找些東西防身，毛穎德則是瞬也不瞬的盯著聖誕老人瞧。

「是張庭諱拜託聖誕老人的嗎？」夏玄允要是知道他訪問都市傳說，一定會開心死，「要你來懲罰去年害他死的壞孩子？」

「嗬嗬嗬嗬……」聖誕老人這笑聲高亢不已，老實說是笑得有點誇張。

馮千靜在格鬥中使棍，但這邊沒有，只好勉爲其難的拿聖誕老人剛剛扔過來的刀子了。

「壞孩子在過去一年裡做過不可原諒的壞事，不管是阿賴或是紅桃，這些孩子都不是殺死張庭諱的凶手。」聖誕老人摸摸他的白鬍冉，「一定要殺人才叫犯錯，那聖誕老人的平安夜就太無聊了！」

「那是誰害死他的？」身後衝出蔡韻潔，她急切的想知道，「如果大家都不是，那誰才是？」

聖誕老人向右後方瞥了她一眼，卻沒有回答。

「十六個也太莫名其妙了，張庭諱的同學做了什麼？沒打沒揍的？」馮千靜握著刀走回來，「我也是，我只是不想讓你傷害同學而已！」

「NO NO NO！」聖誕老人搖著戴著人皮手套、染滿血的手指，「怎麼可以把同學放在冰冷的巷子裡呢！用幾句訊息就可以代表關心了嗎？」

李青在廁所裡聽得一清二楚，他明白聖誕老人在說什麼。

「什麼東西啊！」毛穎德實在也不想懂，他掄著手上未離手的長椅腳，「他們要是知道張庭諱又被打，誰都會回去的啊，問題是沒有人知道他被打暈在那個巷子裡，所以——」

「所以更應該打通電話問問看我在哪裡啊！」

聖誕老人咆哮怒吼，盛怒異常，但是讓馮千靜跟毛穎德傻眼的事……他剛剛說了什麼!?

蔡韻潔瞪圓了眼，剛剛那個聲音是張庭諱的！

「你是……」馮千靜嚇到了，「不可能，你怎麼會……」

「嗬嗬嗬，我只是表達那孩子的心聲。」聖誕老人突然變回那爽朗笑聲，「那孩子躺在冰冷的地上，想著爲什麼沒有人注意到他沒回家、想著爲什麼沒有一個同學回來看他，這怎麼是朋友呢？朋友怎麼會只用冰冷文字敷衍呢？都是壞孩子，不乖不乖！」

「既然如此，爲什麼是十六個？」蔡韻潔居然走了出來，瞪著聖誕老人，「化學系的十三個，加上李青、張秀娥、小米，也應該加上我啊，我也沒有理會張庭諱、我也沒有去巷子找他，才讓他一個人孤單冰冷的死在那裡！」

聖誕老人的眼神太可怕，畢竟通紅一片又插著玻璃，但是可以感受到他面對蔡韻潔時，散發出的慈藹。

「孩子，妳打電話了啊！」聖誕老人微微一笑，「他知道，我也知道……噯呀乖孩子，妳不能跟老公公聊天啊！」

聖誕老人突然眼神丕變，看向了毛穎德及馮千靜，這邊還有兩個壞孩子要解決呢！

「偷本子是我不對，我沒話說，但不打算讓你砍掉手。」毛穎德倒是大方得很，「你不要隨便傷人我們就不會這麼做，起因可是你啊。」

「是啊，聖誕老人。」馮千靜勾起微笑，「你是好孩子還是壞孩子呢？」

聖誕老人微瞇起眼，哈哈哈哈哈的狂笑起來——

「我是聖誕老人啊！」

凶惡的眼神、凌厲的殺氣，她打從娘胎以來還沒見過這種聖誕老人咧！更別說，他手上的輪鋸是從哪裡跑出來的啊!?

馮千靜與毛穎德分據左右的筆直朝聖誕老人衝，毛穎德覺得自己一定是瘋了才會這麼做，他應該找個進可攻退可守的地方躲藏即可，不需要學馮千靜來個什麼——面對危險是我的專長，我絕不逃避，更不輕言認輸！

他超想認輸的好嗎！

這種危險應該面對嗎？這可是都市傳說，歷史悠久的聖誕老人、根本不知道是什麼碗糕的聖誕老人，有必要拿命來玩嗎？

聖誕老人長矛立刻往毛穎德插去，他以手上的木椅腳阻擋，另一邊的馮千靜卻沒有揮刀，而是直接掠過聖誕老人，往裡面跑去——咦？

「馮千靜！」毛穎德簡直不敢相信，她居然聲東擊西，犧牲他落跑？

聖誕老人低吼著，抓起輪鋸，瞄準馮千靜的背影就要射出！毛穎德哪可能給他這個機會，木椅腳往前一戳，直接往聖誕老人的掌心刺過去，讓他偏離了軌道。

「壞孩子！」聖誕老人怒不可遏的一把揪起毛穎德，輪鋸就往他身上切去，不過他早有準備，外套拉鍊一開，整個人金蟬脫殼的把外套送給聖誕老人，人跳落地。

「不要這樣！」蔡韻潔跑了過來，「聖誕老人，你跟張庭諱說，請他住手不要再這樣了！」

「走開啊！」毛穎德推開她，跟張庭諱說有用嗎？

現在是聖誕老人處罰壞孩子時間啊！

他只能比體力耗時間了，毛穎德又閃又躲，慶幸舞池夠大，另一方面感謝他有足夠的體能應付這一切，然後他滿腦子想的都是：馮千靜去了哪裡？

「We wish you a merry Christmas……」聖誕老人突然又唱起歌來，不一樣的是，現在可是唱得咬牙切齒、左劈右砍的，毛穎德只能從這個包廂跳到下個包廂，雖然聖誕老公速度很快，但是在過窄的空間內行動不便。

聖誕老人突然在剎那停了。

他帶著點驚恐的回頭，往B1樓梯的方向望去，「啊啊！我的布袋！」

下一秒，他放棄了眼前的毛穎德，直接朝樓梯衝去。

布袋？毛穎德站在柱後一怔，剛剛聖誕老人揹著布袋到地下二樓時，把布袋放在樓梯邊——馮千靜？

第十章 消願

夏玄允拎著一袋東西回到計程車上，再催著司機大哥趕快前往中央廣場。

「你們去那邊要小心捏，剛剛我聽警廣說那邊發生聖誕老人殺人，死了一個大學生！」司機大哥深表關心。

「我們知道！跟朋友約在附近啦！」郭岳洋狀做輕鬆的說著。

剛剛路過便利商店時，夏玄允說要臨時下車買些東西，郭岳洋沒多問，雖然時間緊急，但夏天一定有他的打算；他、張秀娥跟張庭偉都坐在後座，上車後大家都很沉默，似乎是不太敢聊剛剛的事。

坐小黃比等輕軌快太多了，不過十分鐘左右就抵達了中央廣場區。

這一區車子不能進入，他們必須步行，只是一下車，夏玄允就從袋子裡拿出幾瓶冰火跟烈酒塞給大家。

「這幹什麼？」張秀娥錯愕的看著酒，「現在要喝酒嗎？」

「你要壯膽是嗎？」張庭偉合理的推測。

「喝一點。」夏玄允沒正面回答，趕緊扭開來就喝，郭岳洋一句也不問，跟著喝了些。

張庭偉覺得壯膽是挺需要的，一路上都看到警車，表示這一帶還有警方在，要怎麼去把那棵樹拆下來，的確是個大問題。

哥，你到底許了什麼願？爲什麼會衍生出這種結果？都市傳說？

「好了，事不宜遲。」夏玄允拼命深呼吸，「我們目標是那棵聖誕樹，不是要把那張許願卡拆下來，就是得再許個願。」

「我們爬不上去的。」張秀娥中肯的說，「張庭諱應該是用店裡的樓梯吧。」

「沒關係。」郭岳洋回頭對她微笑，「總是有辦法的。」

已經過了十五分鐘，夏玄允望著手錶，希望小靜沒事、毛毛沒事……大家都平安啊！

衝！他們選擇從走廊裡往前跑，總比在大道上奔跑來得低調，而且夏玄允並沒有選擇剛剛發生事故的那條大道，而是選擇另一條，這樣較不會引起注意；一邊走可以看到零星有些員警正在附近走動，看來還沒有撤離。

遠遠的，也能瞧見斜對角那間美式餐廳的燈光還亮著，何典州跟曾定鑫出事後兩小時，餐廳無法營業也無法歇業。

鎮靜的踏入廣場區，郭岳洋細心的觀察四周，發現警力少了許多，而大家都熟悉的章警官已經不見了，只剩零星幾位在善後。

銀色的聖誕樹上依然輪流閃爍多彩燈泡，反射著銀色的樹葉在這寂靜的夜裡格外美麗，剛剛布魯斯被砍手的大道上還是有人在忙碌，多半都是剛剛四處逃竄的街頭藝人們，回來收拾自己的器具。

還有拆開擱在他們位子上的禮物。

「哇……有沒有搞錯？新的貝斯！」某樂團那邊驚呼出聲，「這誰送的啊？怎麼會有這個？」

畫家手裡捧著一組新的顏料，詫異而感動。

剛剛聖誕老人在每個人的位子上都擺了禮物，即使忙於壞孩子時，也沒忘記好孩子的禮物，而且精準從不失誤。

「我好喜歡這個聖誕老公公喔！」夏玄允由衷的說，「是非黑白分得好清楚，一點都不含糊呢！」

「是啊，只有都市傳說的聖誕老公公可以這麼清楚吧！」郭岳洋也一臉傾慕。

張庭偉不免皺起眉，他們無視於地板上的血跡斑斑嗎？「可是對壞孩子很可怕啊，砍手剁腳，不然就是火焚……不知道他對小朋友也是這樣嗎？」

夏玄允他們同時回頭，異口同聲，「一定是！」

對聖誕老公公來說，犯錯才沒分年紀呢！

「我以為你會覺得那些人活該耶！」張秀娥幽幽看向張庭偉，「畢竟他們害了張庭諱。」

「我當然覺得活該啊！但是我跟蔡韻潔一樣，覺得這樣太可怕了！」張庭偉嘆了口氣，「可是這個聖誕老人的方式，根本是那晚的參與者都有事了……妳也是啊，妳是因為跟著過來，否則妳看小米……」

張秀娥皺著眉，眼淚在眼眶裡打轉，「我、我知道啊，我不明白的就是這個！」

抬起頭，她看著聖誕樹，彷彿在問：張庭諱究竟掛了什麼上去？

「喂！」四個人站在樹旁太醒目，一下子就被警察發現了，「這裡先不要走，這邊是命案現場！」

「啊……我來看聖誕節啊，許願許願！」夏玄允一秒鐘突然變得踉蹌，說話還飄飄的，「這麼好的聖誕夜，我們來拍照，唷喝！」

喝……喝醉了嗎？張庭偉跟張秀娥目瞪口呆，為什麼一秒變醉漢？

「喔耶！我也要許願！」郭岳洋即刻配合演出，歪斜的走著，「警察先生，可以請你幫我們拍照嗎？」

他拿出悠遊卡，扭曲的走向警察。

「這可醉得真凶！喂，你們沒騎車吧，不許騎車喔！」警察沒拿他的卡，「站好站好，怎麼喝成這樣，喂……」

另一個警察也過來，先打量了夏玄允他們，接著立刻掃向呆站在後面的張秀娥與張庭偉。

「嗝！」張庭偉立即打嗝，假裝傻笑，張秀娥瞬間轉身扶住他。

「你小心點，還好嗎？」僵硬的演技，希望不要被拆穿，重點是——爲什麼要裝醉啊？

「我也要拍照！我要來許願！」張庭偉拖著她往樹下走，「自拍自拍！」

「噢！」張秀娥尷尬的朝著警察笑，摸著口袋裡的手機。

「先別管他們了，沒鬧事，留心一下就好。」另一位警察眉頭深鎖顯得有點疲累不耐煩，「一晚上發生這麼多事，等等還得清洗血跡。」

唉，警察們轉身回到大道上去，也要協助街頭藝人收拾，順便期待他們在收拾中會不會又發現什麼證物。

「你說那個聖誕老人是哪裡來的？我聽小卡說開了兩槍，居然沒效！」

「我要知道我需要在這裡執勤嗎！我去當半仙不就好了！我聽上頭說，好像是……那個。」

「那個？厚！耶誕夜跑出來做什麼？」

聽著他們碎語唸著，夏玄允跟郭岳洋還勾著手在跳舞，抱著聖誕樹又吻又親，順便試圖搖了兩下……地基也打得太穩了吧！

「推不動。」對面假裝在自拍的張庭偉也說了，「用力搖只能搖下一些吊飾。」

「小心搖得太大力等等警察又過來了。」張秀娥幫大家盯著。

夏玄允露出無奈的眼神，看向郭岳洋，郭岳洋也是抬頭摸著那銀色的樹，低聲說著抱歉，然後抽出了袋子裡的酒。

「咦？」張庭偉突然驚愕，「你們要幹嘛!?」

「推不動，只有一招了。」夏玄允聳了聳肩，「張秀娥，把風。」

「看著呢！」張秀娥盯著他們的身後瞧，警察們跟藝人們一起探討神祕禮物的由來。

夏玄允打開酒瓶，朝聖誕樹上潑灑而去，郭岳洋繞到張庭偉那邊去，警察們正背對著他們，所以可以大方的噴灑。

既然推不倒也搆不到，爲了他們親愛的小靜跟毛毛，只有一條路了——燒。

如果以燒掉這個布袋當威脅，不知道能不能爲大家奪得幾分生機？

馮千靜在舞台後方抄到酒跟打火機後，不假思索的就往地下二樓去，聖誕老人的大布袋擱在那兒，那該是他最重要的東西。

打開布袋時，馮千靜有些傻眼。

那是個比外表空間還要大的地方，像無底洞似的沒有底限，裡面的東西滿滿的，幾乎是亂七八糟的攪在一起；她看見斷肢殘臂、看見內臟或武器到處都是，華麗的禮物也摻雜其間，尤有甚者，她看見了小孩子的手。

眞的是小朋友！天哪！聖誕老人果然很有原則，只要是壞孩子，不管年紀一視同仁。

馮千靜試著拎起布袋，卻完全抬不動，連拖一寸都沒辦法，這個她早有料到，所以她帶了酒下來。

抬不動，燒掉總可以吧！

她不明白都市傳說的來由，也不想清楚，她只知道必須讓敵手動搖，分散對方的注意力！

砰砰砰砰，聖誕老人下來了。

「站住！」她大喝一聲，扭開酒瓶往布袋上淋去，「你再靠近，我就放火燒了布袋！」

聖誕老人岔怒的瞪著她，「妳敢威脅聖、誕、老、公、公？」

「袋子對你很重要吧？」她仰頭看著盛怒中的聖誕老人，「把我們的壞孩子收回，袋子就還給你！」

「壞孩子沒有收回的道理！犯了錯是無法抹滅的！妳就是個極惡的孩子！」聖誕老人怒吼著，「我要帶走妳的頭！」

「喂！你怎麼不講理的啊！明明就是你先亂的，我們是爲了不讓同學被你傷害！」馮千靜啪的點燃打火機，「最惡質的明明是你吧！」

天哪！毛穎德在樓上聽著不敢輕舉妄動，馮千靜是被夏天傳染了嗎？怎麼會貿然的跟都市傳說對尬……不對，她一開始就習慣對尬吧！

什麼必須迎戰對手是吧！

聖誕老人整張臉變得森冷陰鷙，看著點燃的打火機卻不動聲色，嘴角挑起冷笑，那笑容讓馮千靜打了個寒顫，這種自信笑顏是從何而來的？

還沒釐清，倏地一隻手從袋子裡伸出來，抓住她的手！

「咦!?」她措手不及的往袋子裡望，裡面好多隻斷手居然活生生的飛上來，或抓住她的衣服、或抓住她的手、還有抓住她頭髮的，直接把她往袋子裡扯！

「哇啊！」

聽見叫聲，毛穎德一陣心慌，但是樓梯就這麼大，聖誕老人卡在樓梯中，他該一腳踹倒他嗎？

「走開啦！」馮千靜索性把打火機朝袋子裡扔去，順手也在血腥之中抽出了另一把尖銳的長矛，聖誕老人的武器可眞不少。

火直接在袋子裡燒起來，那些手飛快的鬆開馮千靜，飛快滅火，因爲被猛然鬆開，讓馮千靜因反彈力而向後踉蹌倒地，屁股著地往後滾，右手才撐住地面，就看見樓梯上的聖誕老人大跳而下，直朝她而至。

哇咧！她急速後退，狼狽的匆忙站起，閃過了聖誕老人隻腳踩下的第一波攻勢，她拼命的退後再退後，與聖誕老人拉開了一大段距離。

威脅失敗，布袋裡的被剁下的東西都能動，她根本始料未及！扛不了也拖不動，她現在反而被逼死在走廊的盡頭；馮千靜調整呼吸，平復心情，聖誕老人沒有立刻過來，而是先關心他重要的紅色布袋，將小火苗拍熄後，好好的重新束口。

馮千靜站在轉彎處，面對著聖誕老人，左邊是剛剛阿賴他們那個包廂的廊道，地下二樓裡許多包廂門都是半掩的，亦是血跡斑斑，剛剛聖誕老人在這兒收走不少壞孩子的禮物，哀鴻遍野。

窄小的地方，反而有利於她，冷靜……馮千靜輕輕吁出氣來，將自布袋裡拿出來的長矛緊握，以長棍的方式擺出了標準姿勢。

在格鬥擂台上，除了赤手空拳外，她的擅長武器便是棍。

聖誕老人轉過身，手上換了一把斧頭，原本說好要取走她雙腳的約定大概失效了，因為她現在是個威脅聖誕老人的極惡之輩，得把頭帶走才是聖誕老人的最佳禮物。

「來吧，壞孩子，乖乖懺悔吧！」聖誕老人已然邪氣逼人、殺氣騰騰，高舉著巨斧朝她這邊揮來了。

碩大的體型與身高，光是揮動那柄斧頭就不流暢了喔，老人家！

斧頭是從馮千靜的左上角揮來的，她毫不猶豫的直接衝向聖誕老人的右側，手上長矛橫放，往自己的右側牆面使勁一抵，增加短暫的衝力，扭腰閃身的從聖誕老人手臂與斧頭下的空隙竄了過去！

一轉眼她就在聖誕老人的身後，長矛也從他雙腳間的隙縫滑過來，她彎身拾起，不客氣的拿著長矛往聖誕老人的背部刺進去。

「呃啊——」聖誕老人盛怒異常，猛然一回身，大斧就橫向甩了過來。

馮千靜雙手一鬆，直接立定趴在地上，斧頭硬生生從她頭上飛過去，重重砍到牆上。

「趴著不要動！」身後傳來叫聲，讓雙手撐地預備跳起的她停下了動作，先機不能失，她如果不趕快走等等斧頭說不定就會由上劈下來了。

樓梯傳來噠噠聲響，毛穎德順著樓梯奔下，大跳的朝馮千靜的背部跳去，「弓起！」

弓……她立即弓起背，恰好給了毛穎德一個完美的跳板，他雙腳一蹬就往聖誕老人的臉飛踢過去。

聖誕老人果然狼狽踉蹌向後，被衝力衝撞，向後摔滾在地。

穩健落地的毛穎德沒有停留，拾起掉落的長矛，回身就扔給已然站起的馮千靜，兩個人飛快的衝上樓。

「夏天要是看見你剛那樣，一定會覺得帥呆了。」馮千靜還有空說笑。

「他們看幾百次了啦！」從小一起長大，他會些什麼他們哪不知道！

「啊啊啊——」地下傳來長嘯的怒吼聲，聽起來非常不妙，一上B1就瞧見李青帶著蔡韻潔在那兒，他們簡直傻眼！

「爲什麼你們還在這裡？」馮千靜根本尖吼，那他們剛剛在下頭這麼拼命是爲什麼！「幹嘛不逃出去？」

「等你們啊！」李青嚷著，「怎樣可能扔下你們先走！」

毛穎德內心複雜，既感動又生氣，「我們就是在讓他分神好讓你們逃的……算了算了，快閃！」

說時遲那時快，樓下的聖誕老人已經再次衝上來了，一夥人慌亂的再往一樓奔去，毛穎德眞的很感動李青這麼講義氣，但是這眞的失去了馮千靜往樓下引開聖誕老人的用意啊！

蔡韻潔拉著肩頭受傷的小米往外頭奔去，一路上也沒什麼東西可以阻止聖誕老人，大門被賓客們推開後，根本是門戶敞開的大洞，外頭有一群人在圍觀，很像是從隔壁撞球場過來看熱鬧的。

「快走開！」蔡韻潔一出去就大喊，「有瘋狂殺人魔，見人就砍！」

哇塞！這招厲害，一秒鐘讓看熱鬧的人不分男女老幼跑的比飛的還快，一行人踉蹌跑出，但馮千靜卻更加憂心，來到大馬路上，聖誕老人的腳程飛快，應該繼續在夜店裡的窄小空間啊！

「他追上來了！」毛穎德回頭一瞥，只看到聖誕老人健步如飛。

「分開！」馮千靜立刻朝右，毛穎德朝左，他們至少得有一方讓聖誕老人分心才是。

女孩子跑不快，不過蔡韻潔跟小米已經免疫，她們根本不需擔心，雖然小米還是嚇得全身發抖。

李青看著往左右兩旁奔去的馮千靜跟毛穎德，心裡只覺得不安……天空的顏色變了，只怕天快亮了，平安夜一過，聖誕老人或許會離開，但是明年的平安夜呢？逃過一劫的他還得這樣度過嗎？每年的這一天，沒有放鬆的時刻？

聖誕老人往馮千靜追去了，對他而言，那是罪無可赦的壞孩子。

「聖誕老人！這裡！」冷不防的，李青居然立定腳步，回身揚著他剛在口袋找到的黑色許願卡，「我要送您禮物！」

什麼!?毛穎德詫異回頭，「李青，你在幹什麼!?」

「我不要每年都過這樣的日子！」李青高喊著，「聖誕老人說過，要我的頭皮，只有頭皮對吧？」

聖誕老人果然停下了腳步，手上握著巨斧朝他走來，馮千靜依然往前奔跑，又從右邊繞到左邊與毛穎德會合，完全不可思議。

「他幹嘛？」

「不想逃避。」毛穎德嚴肅的皺眉，「否則明年天曉得這個都市傳說會不會加收利息？」

「天……」馮千靜看著錶，「夏天他們應該到了吧？不能終結這一切嗎？」

「都市傳說，誰說了算。」毛穎德低沉的說著，誰都不知道啊！

由何而生、因何而生、如何解決、如何消失，完全毫無定理的都市傳說，該怎麼去停止？

「就一塊頭皮，聖誕老人的禮物。」聖誕老人來到他面前，轉動著巨斧。

現在的聖誕老人，滿臉鮮血，雙眼更是腥紅還插有玻璃碎片，手持巨斧，那模樣還真的是活生生的變態殺人犯。

李青忍不住雙腳劇烈顫抖，但是還是乖巧的跪了下來，他希望位子低一點，讓聖誕老人能削得越薄越好，眞的……

「我對不起張庭諱，我眞的應該要關心他的安危的！」李青低下頭，緊閉起雙眼，雙手緊緊捏著代表壞孩子的黑色紙卡，「但是我不是故意的，他眞的是我的朋友，我不知道他那晚會被棄屍在街頭！」

聖誕老人什麼也沒說，只是用那雙流血的雙眼冷冷看著李青，像是專心致志的橫擺著斧頭，對準李青的頭頂，要切削下一塊沒有人知道到底會厚幾公分的頭皮。

「住手啊！」蔡韻潔大喊著，「張庭諱！張庭諱才不會希望你這什麼聖誕老人這樣做咧！」

小米嚇得雙手掩臉，根本不敢看。

馮千靜沒有打算阻止，雙手緊握飽拳，這是李青的決定……她眼尾瞥向毛穎德，或許他們也該來考慮一下，該怎麼讓明年的平安夜好過一點。

但是她得送上的禮物是頭顱，只怕沒辦法像李青這麼大方啊！

「夏玄允！」毛穎德咬緊牙關低語著，你們到底在幹嘛——

轟！在聖誕老人要揮動斧頭的那一剎那，一陣火光倏地從李青手中竄起，他先是錯愕兩秒，接著嚇得湯手大喊，雙手高舉的將手掌心裡的東西扔出去。

黑色的紙卡燒起來了。

「哇……」數公里外，銀色的聖誕樹披上了橘色外衣，火舌妖冶婀娜，逐一燒上了聖誕樹。

下面的學生還讚嘆般的仰望著，畢竟銀色搭橘光，真的光彩奪目耶！

「失火了！哇！怎麼燒起來了？」街頭藝人們紛紛驚叫，警察也回身朝他們跑來。

「不知道耶！怎麼回事？」郭岳洋邊說，邊揮舞著手上的酒瓶，往上潑多一點。

「我去拿滅火器！」張庭偉回身，往走廊裡衝，每隔一段距離都有個滅火器的。

「我也去！」夏玄允嚷嚷著，眨眼叫大家都去拿。

樹上全部都是易燃物，不管是許願卡還是吊飾，加上酒精的助陣，幾乎數秒內聖誕樹就被火舌吞噬，銀色不再復見，取而代之的是橘色的火樹！

燒啊燒啊！郭岳洋邊取下滅火器一邊滿心期待著，快點燒到最上面，燒到張庭諱曾吊掛的紙卡！

「讓開！大家不要靠近！」警察動作敏捷，早拿到滅火器先往樹的下方噴，「快請支援！」

另一名警察立刻以無線電聯繫，同時叫了消防車。

雖說是中央廣場，但是因爲聖誕佈置的緣故，聖誕樹如果等等順著吊掛半空中的燈飾一路燒到旁邊的布景，布景後就是百貨公司，這可會一發不可收拾啊！

夏玄允拿著滅火器，隔著火樹看著對面的郭岳洋，兩個人同時頷首交換訊息，然後他轉向身邊的張庭偉，「直接衝知道嗎？」

「衝得倒嗎？」張庭偉很害怕，「而且樹燒成那樣很燙吧？」

「拿滅火器去推啊！」夏玄允說著，「要記住，我們很醉喔！」很醉很醉，所以一心只是想要幫忙滅火，沒想到會衝錯地方嘛！「失火了失火了！」

他們筆直朝火樹衝去，警察跟街頭藝人剛滅完下方的火，但是上頭身高不夠力有未逮，只能看著火舌往上延燒！

而兩旁突然衝來大吼大叫的學生，莫名其妙的直接往聖誕樹衝了過去，「滅火滅火！」

「喂！」眾人錯愕來不及拉住他們，只見他們扛著滅火器，直接衝撞了聖誕樹的中間。

被燒融脆弱的中心，聖誕樹就這麼搖晃兩下……喀喀。

「咦？」警察仰首，直覺大事不妙，倏地往郭岳洋的方向看去，「走！那邊的都走開！」

「快閃開！」另一名警察大喊著，「把旁邊那個布景推走！」

搖搖晃晃，那火樹緩緩的傾倒，就往郭岳洋的方向倒去了！他趕緊後退著，口袋裡藏著最後一點酒，等等要是燒得不夠徹底，他得在驚嚇中失手摔破瓶子喔！

只是聖誕樹太高了，倒下時長度只怕會牽連到兩旁那些可愛的聖誕樹屋、或是麋鹿雪橇的布景——全部是紙搭的啊！

毛毛、小靜！你們可要活著啊，不然就枉費他們火燒聖誕樹！

第十一章 滿載而歸

聖誕樹上的許願卡開始隨夜風飛走，燒成一片片灰燼，微泛白的天空染著殘餘橘光點點飛散……如同李青手裡握著的黑色紙卡一樣。

高舉的斧頭放了下來，聖誕老人看著翻飛在眼前燒毀的紙卡，「你不是壞孩子了啊！」

咦？蔡韻潔喜出望外的衝了過去，「李青！」

「夏玄允成功了！果然跟張庭諱許的願有關！」馮千靜開心的摸進口袋裡——什麼!?

「事情因他而起，現在燒毀了他的願望，也就……」毛穎德笑容也在翻出口袋的一瞬間凝結。

他們兩個手上，都還有張黑色的紙卡。

「等等……爲什麼……」馮千靜倒抽一口氣，立刻往右邊看去，正在看懷錶的聖誕老人，朝他們瞪過來了。

「我哪知道！」毛穎德拔腿就跑，「夏天他們怎麼搞的啦？」

馮千靜緊握著黑色紙卡狂奔，「爲什麼李青的就燒了，我們的沒有？他們樹推倒一半還是怎樣？」

「壞孩子！」聖誕老人重新抓握斧頭，即將急起直追，蔡韻潔見狀冷不防的衝上前，抱住了聖誕老人的腰。「喝！」

「我是好孩子，張庭諱說的嗎？」她大膽的緊抱住聖誕老人，「那他要給我的禮物呢？他答應給我一份禮物的！」

李青轉著眼珠子，他不懂蔡韻潔在說什麼，但是也如法炮製，否則毛穎德他們一下就會被追上的！

「我呢？我如果現在不是壞孩子了，那我的禮物呢？」李青也絆住了聖誕老人的腿。

快跑！快跑！小米瑟縮在角落，看著越跑越遠的毛穎德兩個人，他們往輕軌站跑去了……可是、可是——如果他們跑到輕軌站，聖誕老人追過去，會不會反而害到更多的人呢？

「好孩子喔！」聖誕老人用嗬嗬嗬的聲音，堆著令人膽寒的笑容，一瞬間就從左手裡拿出了禮物。

怎麼變出來的根本沒人看見，好像魔術師一樣，一眨眼憑空就出現在左手中，一大一小的禮盒，大的遞給李青，是用圓點紙包裝的，小的只有戒盒大小，用粉紅亮光紙包裝，好整以暇的塞到蔡韻潔手裡。

「這是我要送妳的禮物。」聖誕老人瞇起眼睛，因爲玻璃碎片太扎人，還吃疼得皺起眉。

兩個人一接過禮物便等於鬆開手，聖誕老人毫不猶豫的往前奔去，速度之快，小米只看見殘影！

快跑啊！她在心中祈禱著，最好、最好毛穎德他們一到輕軌站就剛好有車子來……不對，如果聖誕老人硬上車怎麼辦？

好討厭！為什麼李青沒事了，「都市傳說社」的人卻有事呢？

是啊，這是狂奔中的毛穎德跟馮千靜最想問的，如果李青解脫了，就表示夏玄允跟郭岳洋成功的處理掉那棵樹或是許願卡，既然張庭諱的願望已經消失，那聖誕老人幹嘛執著於對付涉案的——等一下！

「可惡！我們不是那十六個人！」毛穎德眼看著輕軌站就要到了，恍然大悟，「張庭諱的許願卡解決了，只是他那邊的十六個，我們是今天出現的壞孩子！」

馮千靜瞠目結舌，她聽懂了，「有沒有搞錯？所以我們活該嗎？不多管閒事的話就沒事了？」

「不多管閒事的話，搞不好李青現在就掛了！」

「也只救到李青一個而已啊！」馮千靜氣急敗壞的喊著，「每一個人不是都——」

衝上輕軌站月台時，他們幾乎是卡在樓梯口錯愕的，因爲有個瑟瑟顫抖的影子，緊扣著一個男孩，就站在月台邊焦急的等車，一轉頭看見他們，臉色不由得唰白。

「劉思辰？」毛穎德腦袋一片空白，「妳不是……我以爲妳——」

「毛穎德！眞是抱歉！」黃威霖一見到他們滿是歉意，「她一定要走，我想至少先保下她！」

劉思辰雙手掩耳，「對不起！我眞的很害怕，我不想要待在那裡！我不是故意要丟下你們的！」

馮千靜也相當震驚，「妳不是躲在男廁嗎？聖誕老人進去了，我們也聽見妳的叫聲……」

爲什麼？聖誕老人進去之後，沒有對她做什麼嗎？她不是壞孩子？馮千靜看著她的肚子，看起來完整無缺啊！

「怎麼回事？聖誕老人放過妳了嗎？怎麼放的？」毛穎德急得衝向劉思辰問著，如果有方法的話，至少他跟馮千靜不必撐到明年再一輪！

「我——哇呀……」劉思辰突然尖叫，越過毛穎德肩頭向後看，嚇得連連後退。

馮千靜連轉身都不必，就知道是聖誕老人來了。

這次可真是無聲無息到她連躲都不知道該怎麼躲，沒有回首的時間，她只能感受，感受斧頭揮動時的風壓，來自於……左邊？

好奸詐喔！聖誕老人兩手都能用喔！她立刻扭身向右邊的樓梯扶把上跳去，她就站在樓梯口而已，向後蹬上樓梯扶把，憑著柔軟敏捷的身手，轉身踩著扶欄再往月台裡跳。

「嗶──」後頭的輕軌站管理人員吹哨，保全即刻上來。

「不要上來！先報警！」雖然馮千靜希望有人幫忙，但一定要有用的人，她可不想殃及無辜！

馮千靜只扔給毛穎德一記眼神，立即往三樓跑去，毛穎德接收到後即刻抓住劉思辰搖晃著，「快說，他是怎麼放過妳的？」

馮千靜在爲他們爭取時間啊！

天亮之前，如果能結束的話，就讓一切都結束吧！

「沒……他沒放過我！」劉思辰抽抽噎噎的說著，「他說、他說他已經拿到我給他的禮物了！」

「什麼!?」毛穎德簡直不敢相信，「問題是在中央廣場時，妳明──」

沒有給老公公禮物？不，她給了。

「聖誕老人說很不甘願，但是他已經削下她的頭髮了，記得嗎？」黃威霖握住毛穎德的肩頭，「他動手了，也從劉思辰身上帶走了東西，就算數了。」

「不管什麼，只要自妳身上取到就算了嗎！這是一罪不二罰的道理嗎！」毛穎德恍然大悟，狠抽口氣即刻跟著往三樓衝去。

但是他不是從樓梯，而是選擇往前狂奔，從手扶梯上去，不能跟在聖誕老人屁股後面跑。

上三樓的馮千靜只能往回跑，她必須選擇有其他通路的出口，斧頭在後面揮動著，她利用中間的樓梯或是電扶梯隔開彼此，還得以防聖誕老人耍詐的回頭繞路。

「馮千靜！這裡！」突然間，眼前另一個樓梯口，毛穎德就在那裡，「跑快一點！」

他一邊說，一邊朝著聖誕老人扔出早準備好的垃圾桶，至少讓他緩個幾秒。

聖誕老人用力一揮就劈開了垃圾桶，那力道不難想見，要是目標物換成馮千靜的脖子有多輕而易舉！

毛穎德只需要兩秒的延遲，他閃到樓梯的右邊，幾乎是貼著扶把，看著聖誕老人高舉斧頭大跳下階梯，馮千靜頭也不回的準備一口氣向下直接跳到平台——就是現在！

毛穎德突然伸手，拽住了馮千靜飛揚的髮辮！

「呃啊！」馮千靜直接被向後拽住，萬分驚嚇，原本欲跳躍的衝力被猛然反方向阻止，導致她腳底自階梯邊緣滑開！

斧頭劈了下來，毛穎德不顧一切拉直馮千靜的頭髮——**「聖誕老人不動五秒鐘！」**

他擁有全世界最肉咖的言靈，獨獨只能用在日常生活上、二十四小時只能用一次，而且使用之後的效果極其短暫。

但是，他已經發現只要善用，再肉咖也能救命！

拉高馮千靜的髮辮就著刀口，銳利的斧頭一口氣削斷她的髮辮，拉力消失，馮千靜瞬間就摔下了樓！

聖誕老人該揮下的斧頭眞的彷彿凍結，眼神帶著詫異，看著斷髮四散，尚在遲疑之際，毛穎德卻直接往他面前撞去，做人得有誠意一點，用手指抹刀太刻意，要送禮就要誠心。

拿左臂往斧頭邊擦去，他努力的克制力道了，能將厚厚一束頭髮眨眼削斷的銳利可不容小覷，所以他是僅僅擦過刀刃，並且仰身向後往樓梯下半摔半滾而去，技術性跌跤呢！

五秒鐘到，聖誕老人依舊半舉著斧頭往下揮動，但什麼都沒砍到，只能睜大眼看著摔落平台的毛穎德。

刀刃上染紅血，一滴、兩滴，答答滴落在階梯上。

「唔……毛穎德！」馮千靜趴在地上，痛得抓狂，她的膝蓋、大腿還有手肘都撞得好痛！

以及……她半撐起身子，看著披散在眼前凌亂不齊的頭髮──她的長髮！

「你們……」聖誕老人再舉起斧頭，準備往下。

「禮物已經送給你了！」毛穎德大喊著，「馮千靜的頭髮跟我的血……都送給您了。」

聖誕老人抬起翹翹的鞋尖，他正踩著那一束髮辮，再舉起斧頭看著刀上的鮮血，沉吟數秒，那陰鷙猙獰的面容逐漸被應該是慈藹的笑容取代……畢竟滿臉鮮血的人，再怎麼笑都很可怕。

「嗬嗬嗬，Merry Christmas！」聖誕老人朗聲愉悅的笑了起來，拾起髮辮後轉身就向上走去。

毛穎德咬牙站起，左手臂裂開了一道近十公分的傷口，他只是故意擦一下，居然就皮開肉綻，聖誕老人的武器也太利，有必要這麼認眞嗎？

他趕緊試圖攙起馮千靜，她摔得挺慘烈，關節都碰著了階梯，應該是痛到麻的程度。

「毛穎德!!」她站起來時，是咬牙切齒的。

「看在我們都變好孩子的份上，別找我算帳了。」他趕忙摸著口袋，翻出了粉碎的黑紙。

馮千靜也趕緊往右邊口袋摸去，紙卡不在，也是一堆碎得亂七八糟的紙張。

在毛穎德的攙扶下，他們一拐一拐的走上樓，樓下嘈雜不已，也聽見逼近的警笛聲了，劉思辰跟黃威霖在下頭阻止保全上來，直說會有危險，大家吵成一團。

空無一人的三樓月台上，聖誕老人將馮千靜的頭髮收進小袋子裡，這次沒塞回口袋，而是放進不知道什麼時候取回的紅色大布袋裡；他再度拿出懷錶查看時間，擔憂的望著泛出魚肚白的天空，輕輕的唉喑。

原本，他們以爲當夏玄允他們把聖誕樹解決後，這個聖誕老人會消失的，看起來並非如此，都市傳說雖有可能因應張庭諱而生，但他依然是個獨立存在的個體。

聖誕老人倏地轉過頭，這讓毛穎德跟馮千靜立刻警戒，同時向後退了一大步。

不過他只是用染滿血的手撫撫早變紅的白色鬍子，接著從大布袋裡拿出了兩個禮物，擱在月台上的等候椅子上頭。

「Merry Christmas。」他哈哈哈的笑著。

呵……呵呵呵……呵呵……很難笑喔，但是他們兩個還是硬擠出難看的笑容，乾笑著回應，「Merry Christmas……」

叮叮叮，清脆的鈴聲響起，馮千靜甩甩頭，她剛剛有撞到頭，所以頭昏眼花了嗎？為什麼天空好像有什麼東西在飛，越來越近、越來越——四頭麋鹿，拉著一個雪橇，我的天哪！

毛穎德傻眼的看著由遠而近飛來的雪橇，牠們好整以暇的懸空停在鐵軌上頭，與月台平行好讓聖誕老人上去；四頭眼窩空洞的麋鹿回頭瞥了他們一眼，沒有眼球實在不確定，但方向是看著他們啊！

都市傳說的聖誕老人果然不同凡響，連麋鹿都是沒有皮膚的特殊品種，四隻被剝皮的麋鹿穩當的站著，黏稠的體液滿佈，皮下就是肌肉束，只是肌肉也見不著紅，是黑色的。

鼻孔冒著氣，看上去比一般版的麋鹿駭人許多。

雪橇倒是違和的可愛，上頭不但掛滿精緻可愛的吊飾，還有閃亮亮的雪人裝飾品咧。

「我覺得夏天跟郭岳洋要是知道我們看見這個場景，會恨死我們。」毛穎德喃喃的說。

「我們可以不要說啊……我一點都不覺得這有值得炫耀的必要。」她睨了他一眼，這種聖誕老人有值得一提的嗎？

「不說，約好了不說。」他對這決定深表贊同。

看著聖誕老人把大布袋擱上雪橇，人也坐了上去，還不忘回頭睇起插著玻璃碎片的雙眼，朝著他們愉悅揮揮手，「聖誕快樂！」

鞭子一抽，麋鹿咻的就往空中飛走了。

「聖誕……快樂？」馮千靜冷冷的回應著。

「至少明年會快樂些吧……」毛穎德扶著她往椅子上去，那兒可還放著他們的「禮物」呢。

忍著痛坐上椅子，毛穎德把禮物移到一旁去，保全衝上來，警察也跟著奔

來，他拿出手機先聯繫夏玄允，平安夜過去，他們都平安。

「天哪！他們沒事！沒事！」劉思辰率先衝上來尖叫著，「李青！蔡韻潔！他們都安全了！」

「有人受傷！快點！」警察們湧了過來，先爲血流不止的毛穎德處理傷口。有人蹲到馮千靜身邊問她的狀況，她清醒的回答著，一邊抓著斷髮髮尾面露怨容，每個字句還帶著不爽，任誰都聽得出來。

「沒事沒事了，立刻送你們去醫院。」救護車抵達，擔架已經扛上。

被抬上兩台救護車前，躺在擔架上的他們兩個彼此互望，毛穎德看著天空漸亮，開始被虛脫感襲擊。

「嘿，」他在上車前喊了她，「Merry Christmas。」

馮千靜擰起眉，「這是我遇過最糟糕的平安夜！」

焦黑的樹浸在水裡，消防隊員還在拼命的叫喊拉起水線，因爲聖誕樹倒下時，果眞燒到一旁的布景，所幸他們來得快，所以火勢控制得宜。

夏玄允他們退到了布景對面的半圓範圍，郭岳洋原本想到樹梢去找一下許願卡，不過大火早把一切都吞噬殆盡，就算紙卡沒飛走，也都燒成灰燼了。

他們沒逃沒躲，乖乖坐在地上等待，縱火的是他們，該扛的罪刑還是得扛。

「你們充其量是共犯，點火的是我。」張秀娥認眞的說，「這邊都有監視攝影機，拍得一清二楚，你們就說喝醉了就好。」

「我不在乎。」張庭偉抱著雙腳悶悶的說，「結果最終我也沒能知道哥許了什麼願。」

「我們也不在乎。」夏玄允跟郭岳洋異口同聲的說著，兩個人都拿著手機，開心的看著毛穎德剛剛傳來的訊息：我們都平安。

平安就好，一小條前科算不了什麼，尤其這次還跟都市傳說近距離見面耶，郭岳洋甚至還親手碰過都市傳說，噢噢噢，怎麼這麼好！

「好處都讓你佔了，我也想飛撲聖誕老公公！」夏玄允一臉惋惜，「不過至少我有禮物。」

「對啊，都市傳說送的禮物……」郭岳洋雙眼淚光閃閃，望著夏玄允都快哭出來了。

兩個男孩雙手交扣，興奮異常，「好幸福喔！」

坐在一旁的張秀娥忍不住笑了起來，這兩個人眞的很特別喔，居然這麼這麼喜歡都市傳說，而且跟都市傳說也很有緣呢。

啊……張秀娥突然回頭，緩緩站起身。

她直接從張庭偉腳前往走廊裡步去，惹得張庭偉好奇看過去，「怎麼了嗎？」

張秀娥走進走廊裡，指著一根柱子的後面，「張庭偉，你看那是什麼？」

什麼？張庭偉一骨碌站起，趕緊跑過去看，尚在喜悅狀態的夏玄允與郭岳洋紛紛回頭，好奇的歪著頭。

坐在地上的他們的角度瞧見的是柱子，但看不見地上有什麼東西。「什麼東西嗎？」郭岳洋好奇的問。

砰！張庭偉冷不防的倒地，讓坐在地上的夏玄允他們愣住了，張秀娥掩著嘴臉色慘白的僵在原地，郭岳洋他們根本不知道發生了什麼事，趕緊起身衝進走廊，卻差點失聲尖叫。

柱子後方，竟站著他們最愛的聖誕老公公，手裡拿著染血的利斧，緩緩看向他們。

這邊是靠近門口的柱子，兩根並排所以特別粗，因此看不見聖誕老人站在那兒，夏玄允打量著聖誕老人，看起來跟毛毛他們有番激戰啊，滿臉是血，眼睛也被玻璃插入，白毛白鬍都染紅了。

郭岳洋微顫抖著拉拉夏玄允，眼睛往地上瞥去，地板趴著張庭偉，聖誕老人正彎身拎起他剛斬下的頭。

沒有人有時間思考，圓弧走廊另一端滑進了令人瞠目結舌的雪橇，夏玄允跟郭岳洋下巴都快掉下來了，看著剝皮的麋鹿，看著聖誕老公公拎著張庭偉的頭往雪橇上走。

「剩下最後一個壞孩子，造謠的就拿走舌頭吧！」聖誕老人喃喃自言自語，「叫阿偉啊……」

可以、可以合照嗎？郭岳洋好想問喔，他激動的看著聖誕老公公，穩穩的走上自己的雪橇。

「聖誕快樂！」夏玄允衝口而出，用力朝著聖誕老公公揮手，「Merry Christmas！」

「Merry Christmas！」郭岳洋居然流下了淚，好感動好感動喔！

「嗬嗬嗬！」聖誕老人愉悅的點點頭，「Merry Christmas！」

麋鹿們優雅的從柱子間穿出，一瞬間就離了地往半空中飛去，夏玄允他們追了出去，對面的警消正在滅火，似乎也瞧不見揚長而去的聖誕老人。

夏玄允跟郭岳洋拼命的朝著空中揮手道別，此時，曙光乍現，天色疾速亮了起來。

遠去的聖誕老人消失無蹤後，夏玄允跟郭岳洋才幽幽的回頭看趴在地上的那雙腳。

張秀娥整個人貼在牆邊，看起來嚇得動彈不得。

走回長廊，滿地的鮮血，沒有頭的張庭偉依然趴在那兒，剛剛那一切都不是幻覺。

「第十六個？」郭岳洋幽幽的問。

夏玄允搖搖頭，他其實根本都還沒精算是哪十六個，但是如果聖誕老公公取走了張庭偉的頭，那是否表示——

「但是樹已經燒了啊？」夏玄允不解的問。

「這怎麼回事啊……」郭岳洋困惑不已，令夏玄允更好奇的是，張庭偉浸在血泊裡的手上，緊緊握著什麼……

「啊啊……呀——」

張秀娥忍不住，放聲尖叫，終於引起了對面正在忙碌的警消注意！

「怎麼了？」

「哇！」張秀娥指著走廊喊著，郭岳洋忙不迭拉起夏玄允，兩個人也一起啊啊的尖叫踉蹌而出。

「好可怕！好可怕！」夏玄允大喊著，「警察先生！」

警察蜂湧而至，先是把他們幾個向後拉開，緊接著探視走廊裡的屍體，那又是一陣兵荒馬亂。

掩面大哭的張秀娥偷偷從指縫裡瞄著紛亂的現場，血泊中的張庭偉，然後……警方從他緊握的手中，抽出了一張黑色的許願卡。

郭岳洋跟夏玄允立刻瞪直雙目，緊張的僵直身子。

掩面的張秀娥，泛起了一抹淡淡的笑。

壞孩子唷，聖誕老公公會從你身上拿走一樣東西當作禮物的喔！

Merry Christmas。

第十二章 Merry X'mas

聖誕老人給毛穎德的禮物，他直接轉接給警方，在醫院裡拆開時，根本看不懂那是什麼東西，但直覺告訴他，應該給警方。

不是聖誕老人送錯，就是有所含意，依照那位「嚴謹」的聖誕老人來說，送錯禮物幾乎是不可能的事，所以必定另有含意；一條細長的透明管子、針、加上一個罐子，三樣莫名的東西乾淨的擱在他的禮物盒裡，也完整的交由警方鑑識。

警方在上面找到了驚人的跡證，首先是滿滿紊亂的指紋，三樣物品裡均有血液反應，雖然已被沖洗，但跡證仍在，而指紋的主人與血液的主人是兄弟。

三個物品均裝盛過張庭諱的血，而指紋是張庭偉的。

調查過後，也找到了張庭偉購買那些器具的證明，法醫更解開了張庭諱身上最小傷口之謎——腳趾頭上的微傷。

因為張庭諱被發現時渾身上下有多處傷口，鞋襪都脫掉，所以一般都以為是鬥毆中造成的，根本不可能多做聯想，誰也沒有想到，腳上那小小的傷口，竟是他的致命傷。

「這其實不難。」都市傳說社員大頭狗拿著一模一樣的東西做著示範，「針插入體內，不管多小的血管都無所謂，只要開始引血，血還是會持續流動到這個罐子裡。」

「可是血不會凝結嗎?」小米好奇的問著。

「妳抽血時也不會凝結啊，因爲血液一直在流動，過程中張庭諱的腳應該有被抬高，用地心引力自然的就能讓血液不停的往低處流。」大頭狗繼續說明，指指一旁量杯，「用這個裝盛著血，是爲了不讓血溢流一地，裝滿後我針頭一拔，鎖好蓋子就能拍拍屁股走人。」

「人體全身的血液大概三千到五千CC，恐怕不只一個罐子。」

馮千靜難得坐在「都市傳說社」的沙發區，如今的她不再是長髮，頭髮修剪後還有及肩長度，結果因爲短，所以蓬亂得更誇張。

「這樣要多少時間?都沒人發現?」她不解的是這個。

「那天晚上沒人會發現!」夏玄允聳了聳肩，「大家都在唱歌、看電影、狂歡，沒有人會注意一條沒有路燈的小巷子。」

「而且連攝影機都沒有，那是防火巷耶，只有路口有燈，可是張庭諱陳屍的地點在中段，天沒亮根本看不到。」郭岳洋有些難受，「張庭偉連抬高他的腳都不必費力，說不定他只要坐在地上，把張庭諱的腳擱在自己膝上，就能讓血一直流了。」

「是的。」大頭狗點頭，「只要有高低差，血液便會流動，不管幾小時，只要沒人看到，血終有流完的時候。」

「這就是他體內沒有血液，卻又沒有致命傷的原因！」李青微顫，多半是氣忿使然，「爲什麼？眞的是他弟幹的？」

「人都死了，也沒什麼要確定了。」毛穎德搖了搖頭，「不過警方有查到張庭偉用另一個匿名帳號寫的日記，都是發洩，關於爸媽比較偏寵哥哥、或是哥哥表現優異之類的。」

馮千靜蹙眉，她覺得這種原因實在很扯，狗屁倒灶。

「只怕那不是一朝一夕的事啊，如果從小就有偏心，變態心理是逐漸養成的。」林詩倪幽幽的說，「把所有的不滿跟積怨都歸在哥哥身上，會有種：如果哥哥不在有多好的想法。」

「家家有本難唸的經，這部分我們就不探討了。」毛穎德瞥了坐在一旁的倖存者，「只是因爲這本經，牽扯到其他人就太誇張了。」

一年前平安夜跟一起狂歡的眾人，不管有沒有參與鬥毆，不管是不是打過張庭諱，幾乎全部都遭殃。

「都市傳說社」的白板上清楚的列著「壞孩子」名單，以及其所得到的「懲處」，表格列出，一清二楚。

梅西被削掉鼻子、阿紅割掉臉頰肉、痞子白因爲踹張庭諱所以斬斷腳掌、志清是首腦之一被鋸斷頭顱、黃威霖因爲有勸阻所以僅被斬斷小指、布魯斯拳打故被削去拳頭、劉思辰削髮、何典州被火焚，全身皮膚超過百分五十的灼傷，還在復健中、曾定鑫用掌心攻擊張庭諱的下巴，原本要取掌卻變成僅被斬斷四根指頭。

鼓吹者之一的廖本富被取走一個腎，只是送醫後發現長矛把他的腸子也弄破了，切掉了很長一段。嘻笑錄影的紅桃左眼被挖出，整個眼球都被取走，雖撿回一命，但因爲感染，導致腦部受損，已經誰也認不得。

小米被削去肩頭肉、李青原本該受罰卻因爲火燒許願樹而逃過一劫、元凶張庭偉被斷頭，再加上張秀娥與阿賴，一共十六名。

每個壞孩子該給聖誕老人的禮物，都跟事發當晚有關，這一切由黃威霖跟劉思辰還原了當晚的一切。

「我眞的沒想到十六名是這樣計算的。」黃威霖相當低沉，畢竟他們班同學在平安夜後死傷慘重，「而且我原本以爲小和也會在裡面。」

小和，是蔡韻潔列出的名單中，唯一毫髮無傷的那位，也應邀來到「都市傳說社」，坐在板凳上。

「我根本不知道發生這些事呢！」小和捧著飲料，說話也是慢條斯理，「我平安夜躺在草地上看星星呢！」

一年前的晚上，後來拉開眾人試圖勸阻的是黃威霖，所以他只被斬斷一根小指頭意思一下，不過因爲他一開始也有涉入，所以沒有全身而退；劉思辰的安然無恙是意外，跟小和狀況不同。

在山上的小和渾然不知山下的血腥，觀星悠然自得，只是在離開時，發現自己的摩托車上擺放了一個禮物。

「天體望遠鏡！」他現在還捧著呢，「我簡直樂翻了，我問了其他觀星者，他們都說不是他們送的呢！」

「小和全身而退呢……」劉思辰有些不情願的模樣，「爲什麼呢？」

「是啊！」連黃威霖都不解，「我不是覺得你該受傷，我只是不懂聖誕老人的標準在哪裡！」

「我沒參與啊，從頭到尾我都沒有跟著起鬨，而且……」小和有些尷尬，「這樣說有點不夠義氣啦，所以我不敢說，不過那天晚上喊警察來的人是我！」

眼看著情況失控，小和看得出酒精加毒品的催化，讓每個人神智錯亂，阿賴他們遲早會往死裡打，志清的眼神已經暴戾駭人，黃威霖一人難抵失控的大家，所以他乾脆大喊警察來了，逼大家離開。

半清醒的人都聽得懂，瞬間一個拉著一個，飛快的逃離現場。

「就說聖誕老公公很明理的嘛！」夏玄允一臉驕傲模樣，「他都知道，原來你是解救張庭諱的！」

「我沒解救到什麼啊！」小和很難為情，「我只是不希望大家再打下去，後來也跟著跑走，只是回頭偷看他一眼，連進去探問都沒有。」

「沒關係啊，至少聖誕老公公知道你的心。」郭岳洋望著小和，果然是好孩子呢！

黃威霖有些啞然，他至今才知道那晚高喊警察來的人是小和！劉思辰眼神中難掩嫌惡，真心覺得小和是叛徒，後來還跟大家一起談論那晚的事情，說得好像他也是一夥的樣子！

不過，在十六人裡，張秀娥與阿賴，是最離奇的兩個人。

「秀娥，妳真的……什麼印象都沒有嗎？」小米怯怯的問著，那個今大幾乎與大家「第一次見面」的張秀娥。

她真的跟大家第一次見面。

張秀娥皺著眉，自己不知道該怎麼解釋這一切，她只知道警察找到家裡，說她涉嫌縱火又逃逸時，她人根本在急診室裡。

「平安夜早上在學校時，我就感到不舒服了，回到家又發燒又上吐下瀉，直接昏過去，還是我爸載我去急診，嚴重脫水，高燒不退，我一直都在急診室裡。」張秀娥說起來自己都覺得毛，「我平安夜都在醫院度過了，我醒來時連耶誕節都過了耶！」

這讓「都市傳說社」裡氣氛僵硬，夏玄允一直盯著張秀娥，聲音長相行為模式，都跟那晚的張秀娥一模一樣啊！

這場大病，只怕就是聖誕老公公向她收的禮物啊！

問題是大家都進警局做筆錄，負責她的警察才出去倒杯水，回來後說張秀娥就消失了，根本沒人見到她離開；接著找到她家，卻發現張秀娥一直在急診室裡，壓根兒不可能離開醫院。

「好、好奇怪……」蔡韻潔乾笑著，「那晚妳一直跟我們在一起耶。」

從夏玄允傳訊息給蔡韻潔開始，大家互揪聚集，一路到火燒聖誕樹為止，那個張秀娥到底是誰？

「所以那個張秀娥才主動說要放火啊，因為她根本不是……這個張秀娥。」郭岳洋似乎有些瞭解，「警方也沒辦法定妳的罪啊，因為妳根本在醫院，監視器也沒拍到……」

監視器有拍到起火、但是拍到的是夏天、郭岳洋跟張庭偉等三個圍在樹邊，他們的確澆了酒，但是火是突然冒出來的，簡單來說，只要拍到張秀娥的部分，就是不存在。

毛穎德覺得頭痛，整個平安夜都是都市傳說嗎？那位張秀娥是哪位？

「會是小精靈嗎？」郭岳洋歪著頭想，「因爲聖誕節除了聖誕老公公外，也有小精靈啊，他們要幫忙製作玩具呢！」

「那也有小精靈的都市傳說嗎？」社員們亮了雙眼。

「說不定有，我們不知道而已。」夏玄允開心的綻開笑容，「至少這個小精靈是對我們好的那方！」

馮千靜眼鏡下的眉挑高，「可眞幸運啊……要是也跟聖誕老人一樣，我們都早就完蛋了。」

自始至終一直跟在大家身邊，所有人渾然不知，這還不可怕嗎！

警方束手無策，沒有證據證明夏玄允等人縱火，涉嫌公共危險罪，但最後應該是訓誡一番也就沒事了；至於大火如何引發，也就成了個未知數，靜待調查，靜待調查。

「不過，我以為阿賴會最慘的。」蔡韻潔幽幽的說，「聖誕老人把志清斷頭，居然就這樣放過阿賴？」

「他並沒有放過喔！」郭岳洋有些無奈，「阿賴現在在醫院裡呢！」

「咦？怎麼了嗎？」統計系一掛非常緊張。

「正呼天搶地的，他變成尿布寶寶了。」夏玄允隨手抓起桌上的葡萄籽，「他的膀胱就剩下這麼大，根本不可能蓄尿，所以終身得與尿布為伍。」

「咦？所以聖誕老人，拿走他的膀胱？」林詩倪轉了眼珠子，「不對啊，拉K本來就會這樣不是嗎？」

「對啊，吸食K他命會讓膀胱纖維化，大家都知道的，一定是與尿布為伍一生的不是嗎！」黃威霖也不解，「聖誕老人沒帶走什麼啊？」

「我聽說是加快了進程，之前並沒有這麼嚴重，纖維化才剛開始，但是平安夜後瞬間就全部硬化了。」毛穎德淡淡的陳述，「那天聖誕老人就說過，他已經拿走阿賴身上的東西了！」

馮千靜附和的點頭，她也有聽見，那口氣彷彿就是在說：反正你未來已經夠淒慘了，我也不需要再拿走什麼了。

「終究是，自做自受。」李青嘆了口氣，「大家都是吧？」

每個人，都要為去年平安夜犯下的錯付出代價，只是沒有人想過，這代價會是由聖誕老人來討。

「我不認為張庭諱真的恨你們，而且殺死他的也明明不是任何人，是他的弟弟。」郭岳洋溫柔的說著，「只是在都市傳說的標準裡，大家都犯了錯罷了。」

「我也這麼認為，就當個經驗嘛！」夏玄允語氣高昂過了頭，「可不是每個人都能碰到都市傳說的呢！」

社內一片死寂，除了都市傳說社社員呈現羨慕的眼神外，事件相關人等無不皺著眉看著他們。

「沒有人想要這個經驗好嗎！」這句話可是異口同聲的氣忿。

今晚是跨年夜，大家趁著中午時間到「都市傳說社」一聚，順便瞭解一下狀況，好不容易每個人都回到了正軌，夏玄允他們也釐清來龍去脈，小小的一念之差，造成的是駭人的平安夜。

每個人下午有課，晚上也還有活動，接著便一一散去。

蔡韻潔再三跟夏玄允他們道謝，這明明不關「都市傳說社」的事，卻因為他們至少讓傷害減到最低，他們盡最大的力量，救下更多的「壞孩子」，甚至連自己都捲了進去。

「哪裡，能幫忙協助都市傳說，是我們份內的事啊！」夏玄允樂極了，平安夜後他跟郭岳洋都一直是這個狀態。

「對啊，很高興能幫上忙！」郭岳洋還跟李青用力握手。

坐在沙發角落的馮千靜跟毛穎德眞的一句話都不想講，份內的事？馮千靜望著自己一動就疼的身體，還有被削去的頭髮，滿腹怒火眞的沒地方出。

毛穎德左肩裹著厚重的紗布，縫了二十餘針，輕輕一刀便皮開肉綻，但榮登好孩子寶座，也算値得了。

「忍耐。」坐在旁邊的毛穎德低聲說著，「有機會的。」

「就今晚吧。」她做了個深呼吸，晚上他們要在頂樓跨年是吧，頂樓很寬呢！

十一點，頂樓備妥了椅子桌子跟零食宵夜，每個人都穿著厚重的羽絨衣，等等準備好好觀賞燦爛的煙火。

他們住的房子是夏玄允家的，頂樓也算公共空間，只是這棟幾乎都是學生，大家多半都外出跨年去，今夜反而落了個清靜。

「好可惜喔，小靜的長髮很美說。」郭岳洋突然望著馮千靜，難受的說著，

「招牌的黑色長馬尾，就這樣不、見、了。」

後面三個字變得咬牙切齒，是對著毛穎德說的。

「喂，頭跟頭髮選一個。」他沒好氣的啃著多力多滋，「留髮不留頭、留頭不留髮有沒有？」

「厚！」郭岳洋依然很不爽，「那是小靜的招牌耶！」

「沒關係啦，換個形象也好炒話題。」馮千靜倒是從容，「幸好我洗髮精廣告合約剛結束，要不然就麻煩了。」

毛穎德往左看向她，滿懷歉意，「我那時是眞的……」

「謝謝！」她勾起笑容，拿著手上的飲料往他杯子上輕敲一下，「你是爲了救我。」

毛穎德泛起微笑，看看，還是馮千靜深明大義！他舉杯與之互擊，那眞的是不得已的，他不得不耍詐，既然是帶走壞孩子身上的一件東西，頭髮跟血都比頭顱或是手好啊！

「感覺好驚險喔！」夏玄允正在倒大桶可樂，「不過我們也很辛苦喔，爲了燒那棵樹，可是卯足了全力！」

「對啊，警察就在旁邊，不過那時也沒想這麼多了，只想快點把樹燒掉。」

郭岳洋嘆口氣，爲這件事，他被爸媽罵慘了。

「你們想到燒樹也很強，我原本以爲你們會把樹推倒……」馮千靜其實是想知道張庭諱到底掛了什麼願望上去。

「推不倒吧！那很高耶！」夏玄允咕噥著，「而且事態緊急，我覺得用燒的最快……不過沒想到會燒到旁邊的布景啦！」

「如果那時從我這邊推向你們那邊就都是空地，好像災情比較小。」郭岳洋事後回想起來，當時大家都太緊張了，根本沒辦法思考這麼多。

「那棵樹不是存在很久了？多少人掛了許願卡？我記得銀色聖誕節好幾年了吧，怎麼這幾年都沒有什麼都市傳說的聖誕老人出現？」毛穎德不解的是這個，「好死不死偏偏張庭諱掛上後，這個都市傳說就出現了？」

「因爲張庭諱死了吧？」馮千靜怎麼想都只有這個可能，「也搞不好一直都有，只是我們不知道？每年平安夜不是有不少意外？」

「我們討論過，覺得重點在張庭諱許的願望。」夏玄允倒是認眞，「這麼多年大家許了願望都沒用，第一，可能沒人掛上傳說的位子；第二，則是在張庭諱許了什麼願。」

張庭諱利用打工的身分，不管架梯子上去還是拆樹下來掛，反正他就是掛在傳說中願望一定會實現的指定位子了。

「他的死亡也是契發點，聖誕老人覺得害他淒涼的在巷子裡死去的人太過分，全是壞孩子們，所以就這樣誕生了。」郭岳洋一邊說，嘴上卻掛著滿滿的微笑，「總不能只有好孩子才能得到禮物啊，壞孩子也拿到未免太不公平了喔！」

「嘖！」馮千靜不耐煩的嘖了一聲，指著桌上那敞開的禮物盒，「壞孩子快被殺掉後，拿到這種禮物，開心的起來嗎？」

聖誕老人給馮千靜的禮物裡，是滿滿的、紮實的：運動去瘀藥膏。

「噗……」毛穎德又忍不住狂笑，「很、很實用啊！」

「聖誕老公公果然很在意小靜妳呢！」郭岳洋永遠站在聖誕老公公那邊似的，「這牌子又很好用，妳不是也用這牌子的嗎？」

「還立刻就用到了，超實用的！」夏玄允認眞的幫聖誕老公公說話。

「誰搞的？還不是他弄出來的！」馮千靜翻了個白眼，對啦對啦，什麼都是聖誕老公公最棒，「下次我不要再幹這種事了！他們會出事，就讓他們自己去扛好了，我幹嘛沒事淌這個渾水！」

郭岳洋跟夏玄允默默的往最左邊的馮千靜看去，他們拿過餅乾啃著，心裡都響著同樣的聲音：不可能。

馮千靜絕對做不到，明知道有人在自己面前有危難，也沒辦法睜一隻眼閉一隻眼的吃虧個性。

毛穎德沒說話，瞅著她勾起嘴角，說說而已，時光倒流，她依然會蹬上柱子，夾住聖誕老人的頸子來個垂直落下技。

「今年是我過過最棒的耶誕節了！遇到都市傳說還得到禮物！禮物耶！」夏玄允仰望著星空，鑰匙圈上掛著一個貨眞價實的迷你聖誕樹。

這是最令人不明所以的禮物，聖誕老人送夏玄允一個吊飾，他已經繫上鑰匙圈，寶貝得跟什麼似的；夏玄允家境富裕，的確是不愁吃穿也不缺錢，所以聖誕老人才送給他吊飾嗎？

不過就算聖誕老人送他吃炸雞剩的骨頭渣，夏玄允也會洗乾淨還在上面刻字做成鑰匙圈的，想想聖誕老人眞是冰雪，不需要送太好的！

「眞的，我還碰握過他好幾次！」郭岳洋提起就雙眼迸出光芒，「貨眞價實的聖誕老公公，還有體溫呢！」

是啊，馮千靜跟毛穎德不約而同的皺眉，那溫度搞不好是別人血液的溫度，別忘了，這聖誕老人的紅衣可是被血染紅的啊，郭岳洋撞到他時全身立刻都染了血！

郭岳洋的樂高禮物已經用盒子裝起來供上了，最虧的可能是毛穎德，得到凶器一份，連份屬於自己的禮物都沒有。

當然，他完全不希望拿到禮物就是了。

「倒數了！」夏玄允突然看著平板裡的電視轉播，立刻把聲音調大，「十、九、八、七——」

他們同時遠望著夜空，等待燦爛的煙火，馮千靜悄悄轉向毛穎德，他也意識到的轉過來。

他們望著彼此，只是帶著笑容，什麼都沒多說，身邊的兩個男孩高喊著三、二、一——咻，第一道煙火升空，燦爛的照亮夜空。

讓他們彼此的雙眸也燦燦發光。

「新年快樂！Happy New Year！」夏玄允跳了起來，瘋狂的大呼小叫，與郭岳洋緊緊擁抱，「洋洋！」

「新年快……說過不要叫我洋洋！」郭岳洋嚷著。

毛穎德跟馮千靜也起了身，大家在相互擁抱中互道新年快樂，個個雙眼裡都倒映著燦爛煙火，看上去多麼光亮。

「我希望——」夏玄允開始對著煙火許願，「我們明年要遇到更多的都市傳說喔！」

「我也是！」郭岳洋開心的應和著，「每個人都順順利利，然後我們能發現更多更多的——」

「我才不要！」左邊兩個人怒吼出聲，「你們許那什麼爛願望啊！」

呃，興致正好的萌臉瞬間囧掉，很無辜的望著他們，「可是我們是都市傳說社啊……」

「社你個頭！」毛穎德簡直不敢相信，「碰的還不夠多嗎？你看！你們給我看看！二十六針！」

他指著自己的左臂叫嚷，有沒有搞錯，每次帶傷的都是他跟馮千靜耶！

「我們有燒樹啊！」還有臉邀功咧！

「你們是不是常許願，所以我們才會一直撞到都市傳說啊!?」馮千靜氣急敗壞，「我上大學前，聽都沒聽過！」

夏玄允跟郭岳洋不知道在得意什麼，笑得很開懷了，衝著他們吐了舌，跑到頂樓另一邊去繼續大喊他們的願望。

煙火繼續施放，主場結束後，附近另一區繼續接力施放，馮千靜已經脫下外套，挽起袖子，等等要來料理一下那兩個了。

「嘿，」毛穎德瞅著她，「他們兩個就是那樣，沒救了。」

她鼓起腮幫子，正常模樣的馮千靜的確一如「格鬥者小靜」，是個美少女，她拿起飲料咕嚕咕嚕喝著，無奈的望著他，只能失聲低笑。

「嘿，所有的一切，謝謝了。」她劃上甜美的微笑，輕輕用手肘戳了他一下，「新年快樂。」

「我才要謝謝妳呢！」他轉頭看向煙火，「新年快樂！」

肩併著肩，他們一起望著奼紫嫣紅，溫暖自緊貼著的手臂傳遞著，堅強的信任在每一次的危難中更加紮實。

「喝香檳！」夏玄允從冰桶裡搬出香檳，「我們等等下樓去看電影吧！」

「我要睡覺。」馮千靜一秒回絕。

「看什麼啊？」毛穎德能熬夜，雖然年後期末考就要降臨。

「恐怖聖誕老公公！」這兩人用發亮的眼神、興奮的口吻回答著。

他立刻歛起笑容，轉向馮千靜，「請、盡量！我不該阻止妳的。」

嘖！馮千靜勾起笑容，開始扭扭頸子、活動筋骨，這動作對夏玄允他們而言實在太熟了……等等……等等……

「爲什麼？」他趕忙放下香檳，連同郭岳洋攜手退後，「這次的事情不是我們搞出來的啊！」

「對啊，那個是……是剛好遇到聖誕老公公……哇！對不起！對不起！小靜，我不該許那個願望的啦！」

「不要遇到都市傳說！我們明年絕對不要遇到都市傳說——好痛！會斷會斷！」

無視於後頭兩個被扭結壓制的男孩嚷著救命，毛穎德悠哉悠哉的爲大家倒起香檳。

這般熱鬧，讓人掩不住心底湧出了愉悅，或許，這才是最棒的禮物吧。

尾聲

煙火結束，可以聽見附近此起彼落的新年快樂祝賀聲，蔡韻潔站在窗邊，這晚她沒有跟李青或是同學去慶祝，平安夜才剛發生那樣的事，她需要的是獨自安靜與沉澱。

手上緊握著那日聖誕老人給她的盒子，至今未曾打開。

這一年來她苦於想追求眞相，知道後心裡卻沒有比較開心，那個一直與他們「並肩作戰」、張庭諱的親弟弟，居然才是害死張庭諱的眞凶……不惜一切，極有耐性的放光他身上的血，看著哥哥漸漸死去，究竟是怎麼樣的感覺？

甚至還與蔡韻潔他們同仇敵愾，爲的是要讓阿賴他們定罪，讓自己置身事外嗎？眞是噁心的人！

而她這一年來厭惡的同學們幾乎都出事，但這非她所願，她不想有誰被挖出眼睛、斬斷手或腳、更不希望看見誰被火焚燒，是鬥毆是爭吵是吸毒，但眞的不需要讓他們賠上自己的人生！

聖誕老人向壞孩子索取的不僅僅是一份懲罰，是他們變調的未來啊！望著手裡的禮盒，她一直沒勇氣打開，但是事情告一段落，她也要爲自己的過去給個交代。

她彷彿知道這裡面是什麼，內心澎湃，一方面希望是她所想，一方面又多希望不是。

拆開緞帶，打開包裝紙，那小小的盒子一看便知盛裝的是飾品。

去年聖誕節前，他們因爲要做報告到市區去做問卷調查，在熱鬧的西區攤販上，她曾看到一對漂亮的琉璃耳環，水綠色的一對羽翼，要價超出學生負擔的範圍，她遺憾的離開。

知道她很喜歡那對耳環的只有一個人，因爲跟她一起在攤上的只有他。

蓋子如此輕，她卻沒勇氣打開，她沒忘記聖誕老人給她禮物時說了什麼——這是我要送妳的禮物。

在KTV打架時，張庭諱護著她往外走，怒不可遏的說阿賴他們實在太過分，她勸他冷靜不要衝動之際，他義憤填膺的衝口而出：我怎麼可能能忍受他們這樣對我喜歡的女生！

間接告白，幾秒鐘的震撼與欣喜，轉眼就被布魯斯揮來的拳打斷。

她連回答都還沒回答，事情就越演越烈，大家在走廊上互打，一路拖到外頭，最後她連跟張庭諱說話的機會都沒有，所有人都被警告驅趕，由李青送她回家，所以她打了一晚上電話，張庭諱卻再也聽不見。

深吸一口氣，闔上雙眼將蓋子打開，一雙水綠的羽翼就躺在盒子裡。

張庭諱……豆大的淚珠落上了琉璃，啪噠啪噠，她禁不住掩嘴哭了起來，這代表什麼意思他知道嗎？聖誕老人說這是我要送妳的禮物——那個聖誕老人，就是張庭諱啊！

天哪！究竟是怎麼回事？

蔡韻潔伏案痛哭，她好想好想跟他說，她也喜歡他，或許他們可以、可以試著開始交往看看！

震動音響起，淚眼朦朧的蔡韻潔抬起頭，看向手機來電，顫抖著接起，「喂，李青。」

『新年快樂！』背景突然傳來震耳欲聾的聲音，『蔡韻潔！要不要出來啦！跨年不要一個人待在家！』

她哽咽得說不出話，聽得出大家都在。

『蔡韻潔，妳有說不要打擾妳，只是我想……』接下來是李青的聲音，『與其一個人難過的度過新年，不如大家一起過如何？我想……張庭諱也應該會這麼說的。』

她咬著唇，鼻酸皺眉的擠出更多淚水，讓電話沉默了許久，但李青一聽就知道她在哭，就是因爲知道她在哭，才無論如何想讓她出來散心。

「在哪裡……」好不容易，她開口了。

『我騎車去接妳。』他說著。

「好。」她抹著淚水，將電話放了下。

回到廁所洗了把臉，掩不住紅腫的眼與鼻，但是她不打算遮掩，換上保暖的衣服，回到書桌前將耳環戴上。

輕輕上了點CC霜，對著鏡裡的自己微笑，看著優雅的耳環，伸手貼唇啾了一下，再貼上鏡裡的耳環。

「新年快樂，張庭諱。」她起身拎過外套，樓下傳來熟悉的引擎聲，這一年來，都是李青載送她的，那聲音她太熟悉。

事情結束了，新的一年，就該有新的開始。

男孩爬上高梯，一邊掛著燈飾與吊飾，一邊偷偷的四處張望。

他從口袋裡拿出一張城堡形狀的許願卡，趁著四下無人，趕緊掛上……一二三、第三根樹梢。

嘿！他竊笑著，沒料到在這邊打工能有這種福利喔，呵呵呵！

「張庭諱！」樹下突然有人大喊，「掛快一點，等等還要清理裡面喔！」

「噢，好！」他高聲回應，輕快的把腰間袋子裡的聖誕球飾火速的吊掛上去。

俐落的爬下樓梯，傳說中把許願卡掛在這棵銀色聖誕樹的第三根樹梢就會成眞，五公尺高的聖誕樹誰掛得到啊！呵呵，今年總算給他吊到了厚！

勤快的抱著伸縮梯往裡走去，口袋裡放著上班前買的水綠耳環，今天晚上，他一定要鼓起勇氣告白，送蔡韻潔這個禮物。

男孩進入百貨公司裡，外頭的聖誕樹依然是眾所矚目的景點，路過的人紛紛寫上願望，親自吊掛上去。

冷風颼颼，吹得吊飾與許願卡隨風擺蕩，在絕對沒人看得見的高處，第三根樹梢上的許願卡翻轉著，上頭有著男孩不漂亮但誠懇的字跡——

我希望能變成聖誕老公公，
這樣就可以送給大家最棒的禮物了！

後記

Merry X'mas！「都市傳說社」又征服一個都市傳說囉！

小時候總是期待著聖誕老人的降臨，佈置聖誕樹、掛上襪子，然後爸媽早在耶誕節之前就會說：要當個好孩子，聖誕老人才會送禮物喔！

是啊，再壞的孩子只要那幾天表現好，幾乎也都會有禮物的。

在學校霸凌同學、囂張揍人的孩子，說不定禮物還更大……這是什麼不公平的事對吧？

所以，壞孩子該要受點小小的懲罰，聖誕老人這麼辛苦的到處送禮，也該換他收收禮物了。

都市傳說的聖誕老人自然不同一般，他工作繁重啊，一邊要送禮，一邊還要收禮呢，只要取走壞孩子身上一個小東西就行了。

可能是指甲，但也有可能是一隻手、一隻腳，都由聖誕老人決定。

這次找了個冷門的都市傳說，不過至少應景嘛，二〇一五年一轉眼又到了歲末，爲什麼一年過得這麼快呢？

我正寫後記的現在，一年前差不多是《紅衣小女孩》的新書見面會耶，不知道多少人還記得，一轉眼都市傳說已經到第八集囉，眞的有種時光飛逝的感覺，「都市傳說社」的收集品也眞是越來越多了！

這次的出場人物有點多，學生嘛，大家聖誕不是都會去小狂歡，跨年就是大狂歡了！不過本集最帥的還是我們的巨大聖誕老人，如果眞的有個能懲治壞人的聖誕老人倒也不錯。

勿以惡小而爲之，這或許是「都市傳說聖誕老人」的準則吧！

這次也讓夏天跟郭岳洋得償所願了，至少他們親自碰到、摸到聖誕老人，郭岳洋還撲倒過呢！（笑）

如果有機會的話，你們想要遇上都市傳說嗎？想要在平安夜裡，跟這樣的聖誕老人見個面嗎？

見面前記得先思考一下，自己是好孩子？還是壞孩子呢？

我的粉專現在正在爲這本《聖誕老人》辦特別活動，故事讀完的話，記得來參加喔！

最後，感謝購買本書的您，購書對作者是最直接也最有助益的支持喔！

願大家聖誕快樂，期末考都ALL PASS囉！

笭菁 2015.11.5

境外之城 056

都市傳說8：聖誕老人

作　　者／笭菁
企畫選書人／張世國
責 任 編 輯／張世國

發　行　人／何飛鵬
總　編　輯／楊秀眞
業 務 經 理／李振東
行 銷 企 劃／周丹蘋
法 律 顧 問／台英國際商務法律事務所　羅明通律師
出版／奇幻基地出版
城邦文化事業股份有限公司
台北市 104 民生東路二段 141 號 8 樓
電話：(02)25007008　　傳眞：(02)25027676
網址：www.ffoundation.com.tw
e-mail：ffoundation@cite.com.tw
發行／英屬蓋曼群島商家庭傳媒股份有限公司城邦分公司
台北市 104 民生東路二段 141 號11 樓
書虫客服服務專線：(02)25007718・(02)25007719
24 小時傳眞服務：(02)25170999・(02)25001991
服務時間：週一至週五09:30-12:00・13:30-17:00
郵撥帳號：19863813　　戶名：書虫股份有限公司
讀者服務信箱 E-mail：service@readingclub.com.tw
歡迎光臨城邦讀書花園 網址：www.cite.com.tw
香港發行所／城邦（香港）出版集團有限公司
香港灣仔駱克道 193 號東超商業中心 1 樓
電話：(852) 2508-6231 傳眞：(852) 2578-9337
馬新發行所／城邦（馬新）出版集團
【Cite(M)Sdn. Bhd.(458372U)】
11, Jalan 30D/146, Desa Tasik,
Sungai Besi, 57000 Kuala Lumpur, Malaysia.
電話：(603) 90578822　　傳眞：(603) 90576622

封面內頁插畫／豆花
封面設計／邱弟工作室
排　　版／極翔企業有限公司
印　　刷／高典印刷有限公司
■2015 年（民 104）12月1日初版一刷
■2024 年（民 113）3月14日初版17刷

售價／280元

國家圖書館出版品預行編目資料

都市傳說8：聖誕老人／笭菁著, -初版-台北市：奇幻基地，城邦文化發行；家庭傳媒城邦分公司發行2015.10（民104.12）
面：公分. –（境外之城：56）

ISBN 978-986-92183-4-4（平裝）

857.7　　104023894

ISBN　978-986-92183-4-4
Printed in Taiwan.

廣　告　回　函
北區郵政管理登記證
台北廣字第000791號
郵資已付，免貼郵票

104台北市民生東路二段141號11樓

英屬蓋曼群島商家庭傳媒股份有限公司城邦分公司 收

請沿虛線對摺，謝謝

奇幻基地

每個人都有一本奇幻文學的啓蒙書

奇幻基地官網：http://www.ffoundation.com.tw
奇幻基地粉絲團：http://www.facebook.com/ffoundation

書號：**1HO056**　　　書名：都市傳說8：聖誕老人

請於此處用膠水黏貼

奇幻基地

讀者回函卡

謝謝您購買我們出版的書籍！請費心填寫此回函卡，我們將不定期寄上城邦集團最新的出版訊息。

共訂購、行銷、客戶管理或其他合於營業登記項目或章程所定業務之目的，英屬蓋曼群島商家庭傳媒(股)公司城邦分公司本集團之營運期間及地區內，將以電郵、傳真、電話、簡訊、郵寄或其他公告方式利用您提供之資料（資料類別：C001、、C003、C011等）。 利用對象除本集團外，亦可能包括相關服務的協力機構。如您有依個資法第三條或其他需服務之處，電本公司客服中心電話(02)25007718請 求協助。相關資料如為非必要項目，不提供亦不影響您的權益。

姓名：＿＿＿＿＿＿＿＿＿＿ 性別：□男 □女

生日：西元＿＿＿＿＿年＿＿＿＿＿月＿＿＿＿＿日

地址：＿＿＿＿＿＿＿＿＿＿＿＿＿＿＿＿

聯絡電話：＿＿＿＿＿＿＿＿傳真：＿＿＿＿＿＿＿＿

E-mail ：＿＿＿＿＿＿＿＿＿＿＿＿＿＿＿＿

學歷：□ 1.小學 □ 2.國中 □ 3.高中 □ 4.大專 □ 5.研究所以上

職業：□ 1.學生 □ 2.軍公教 □ 3.服務 □ 4.金融 □ 5.製造 □ 6.資訊

□ 7.傳播 □ 8.自由業 □ 9.農漁牧 □ 10.家管 □ 11.退休

□ 12.其他＿＿＿＿＿＿＿＿＿＿＿＿＿＿＿＿

您從何種方式得知本書消息？

□ 1.書店 □ 2.網路 □ 3.報紙 □ 4.雜誌 □ 5.廣播 □ 6.電視

□ 7.親友推薦 □ 8.其他＿＿＿＿＿＿＿＿＿＿＿＿

您通常以何種方式購書？

□ 1.書店 □ 2.網路 □ 3.傳真訂購 □ 4.郵局劃撥 □ 5.其他

您購買本書的原因是（單選）

□ 1.封面吸引人 □ 2.內容豐富 □ 3.價格合理

您喜歡以下哪一種類型的書籍？（可複選）

□ 1.科幻 □ 2.魔法奇幻 □ 3.恐怖 □ 4.偵探推理

□ 5.實用類型工具書籍

您是否為奇幻基地網站會員？

□ 1.是□ 2.否（若您非奇幻基地會員，歡迎您上網免費加入 http://www.ffoundation.com.tw/）

對我們的建議：＿＿＿＿＿＿＿＿＿＿＿＿＿＿＿＿

＿＿＿＿＿＿＿＿＿＿＿＿＿＿＿＿

＿＿＿＿＿＿＿＿＿＿＿＿＿＿＿＿

請於此處用膠水黏貼